U0064769

史上最簡單易懂的國語文法書

中文基礎文法

（中）

黃筱媛　主編

擎天生活新知股份有限公司 出版

編者介紹

黃筱媛 老師

擎天優質學習館 副總經理
超過 20 年的個人生活改善顧問
快樂之道專業推廣講師
公民人權協會 台中區公益大使
美國洛杉磯國際名人中心資優結業生
專精於學習、溝通、親子、自我成長等領域
曾赴澳洲、美國進修現代心靈科學、教育諮詢

中文基礎文法（中冊）目錄

第四單元

動詞

【前言】

在《中文基礎文法》第一單元中提到，「字」是書寫時的最小單位；一篇文章雖然由許多字組成，但「詞」才是表達意義的最小單位。文法上的基本單位是「詞」而不是「字」。

一個詞，可能是一個字也可能不只一個字。例如這句話：我是<u>中華民國</u>的國民。這句話有九個字；算詞數，就只有五個詞。

我 ─是 ─中華民國 ─的 ─國民。

像「中華民國」這四個字合起來只表示一個觀念，是一個詞；這是國家的名稱。若把這四個字拆成四個意思來看，就不能代表國名。

單一個字的詞，叫做「單音詞」或「單詞」；兩個字以上的詞，叫做「複音詞」或「複詞」。

以詞的性質來分類，就是「詞類」，也叫做「詞品」。詞品共有九種，在上冊我們介紹了三種詞品：名詞、代名詞、形容詞。

一.名詞（實體詞）：名詞是人、事、物的名稱

二.代名詞（實體詞）：代名詞也叫做「代詞」，是代替名詞的詞

三.形容詞（修飾詞）：形容詞是用來修飾、規範事物（名詞）的詞。

在這一冊，我們會介紹另外兩詞品：動詞、副詞。現在就開始來認識「動詞」吧。

【詞類】ㄘˊ ㄌㄟˋ： 在語言的組織上，做著不同工作的詞，就是「詞類」。

【何謂動詞？】

　　動詞是一種述說詞，表示事物的動作或狀態的詞。表示動作的動詞，如：跑、跳、追、叫；表示狀態的詞，如：哭、笑、難過、沮喪。

志明**打**棒球。
動詞

志明**踢**足球。
動詞

魚 游。
動詞

樹 倒了。
動詞

「坐」、「吃」都是一種動作，表示女孩正在做的動作。

她 坐著。
動詞

她 吃 蘋果。
動詞

「坐」、「吃」都是一種動作，表示女孩正在做的動作。

「看」是一種動作，表示男孩正執行的動作。

他**看**樹。
動詞

「剪」也是一種動作。

小凱**剪**玫瑰。
動詞

【什麼是句子？】

　　能夠表達出思想中一個完全的想法，完全的意思，稱為句子。也就是說，句子中必須具備「主語」和「述語」。

　　你說話的時候，都在腦袋中想好每一句話的主語和述語，才說出來嗎？不可能。

　　你的每一句話都先打好草稿，確定文法正確才溝通嗎？不可能。

　　所以，有時候，我們會遇到「對方聽不懂我的話？」或是「我聽不懂他在說什麼？」的情形。

　　這是因為說話的人，句子表達得不完整，或是把詞、語擺在錯誤的位置所造成的結果。

【如何聽懂對方說的話？】

人們開口說話，總是為了溝通某個「想法」。所以，說出來的話裡面一定有一個主體，主體可以是人、事，或物。主體就是主語。

有了主體，還需要說出主體「怎麼樣？」，所以主語之後，一定要有一個「述語」。

【句子的主要成分：主語+述語】

【主語】：句子裡的主體。 主體可以是人、事或物。		【述語】：描述句子中的主體「在做什麼」「是什麼」「怎麼樣了」的詞、語。

我 想吃 蘋果。
　主語　　述語

　　「我想吃蘋果。」是一個句子。因為它表達了「我」這個主體「**想吃蘋果**」這件事。句子中一定要有主語，也要有述語。

重點→ 不論是要聽懂別人說的話，或是要看懂文章的內容，最重要的，是找出句子中的**主語**和**述語**。

重點→ 放在主語位置的大多是名詞，或由其他詞類轉成為名詞。放在述語位置的大多是動詞，或其他詞類轉成為動詞。

> 補充說明：
>
> 　　句子的主要成分：主語＋述語
> 　　目前中國大陸所使用的《暫擬漢語教學語法》，則把述語稱為「謂語」。

例一：**我　蘋果。**
主語

沒有述語，句子是不完整的。

例二：**吃　蘋果。**
　　述語

省略主語，這種用法只適合對話。

例三：**蘋果　吃。**
　　主語　　述語

把蘋果當主語，但蘋果不會吃東西，所以不合適。

例四：**我　吃。**
　　主語　述語

有主語有述語，這是一個句子，但沒說吃什麼？

也許你覺得上面的句子是不完整的？

在第四單元，我們會介紹句子的基本結構，當你弄懂了句子的結構後，你就會知道缺少什麼了。

【「動詞」等於「述語」嗎？】

動詞用來敘述人、事、物的**行為**、**動作**，或**存在的狀態**。如：

「走」表示行為，如<u>志明</u>*走* 路。

「跳」表示動作，如<u>小喬</u>*跳* 到桌上。

「有」表示存在狀態，如<u>花花</u>*有* 兩枝筆。

更多例句：

例 鳥兒*飛*了。

例 哥哥<u>游泳</u>。

例 太陽出來了。

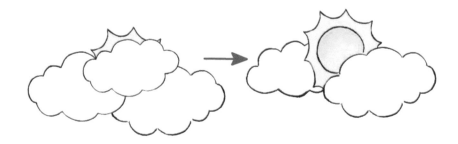

例 姊姊坐著。

例 媽媽笑了。

「動詞」是一種詞類（或稱詞品）。

動詞表示「行為、動作或存在狀態」，如跑、跳、溜冰、叫…。

以句子的結構來說，句子的必要成分是「主語」和「述語」。描述**主體**在「做什麼」「是什麼」「怎麼樣了」的**詞、語**，稱為**述語**。

重點→依照「詞」的性質來分類，稱為「詞類」。

重點→在句子的結構上，說明主語的動作、性質、狀態、變化的詞或語，稱為「述語」。

小美　是　老師。
主語　　　述語

例如；「小美是老師。」這個句子不是描述「小美」做了什麼「動作」，而是描述小美的「身分」。「是」是句子中的「述語」。

【是】　ㄕˋ：
　　1. 表示身分。**例**他是老師。
　　2. 表示存在。**例**街上到處都是人。

襪子 髒了。
主語　　　述語

　　例如：「襪子髒了。」這個句子不是在描述襪子的動作，而是在描述襪子的情況。「髒」本來是一個形容詞，但是在這個句子中，「髒」是這個句子裡的**述語**。

　　在解說文法結構時，首先我們要找出句子中「述語」，述語常常是動詞，但不一定是動詞。

　　從上面的例句，可以看出中文的詞類，在詞本身（即字的形體上）無從分別，必須看它在句中的位置或職務，才能認定這個詞是屬於何種詞類。這是國語文法和西文法一個大不相同之點，也是中文的文法特質。

【動詞變名詞？】

中文詞類的變更，不像西洋文字有詞頭或詞尾的變化，也無法從詞尾的變化看出陰陽性或單複數。

例如一個「人」字，一看就知道是名詞，但是用在「人參」或「人魚」時，「人」當形容詞用。在古文中，「人」字有時候也當動詞或副詞用。

重點→　中文的詞類，並非固定不變的；同一個詞，擺放的位置不同，詞性也會不一樣。

詞類會因為它們在句中的位置或職務而變動，所以中文的文法，特別重視句法。

例如，動詞在句子中當主語時，動詞就變成了名詞：

例 散步可以促進血液循環。（「散步」是主語。）

例 死，沒什麼可怕的。

　　（「死」是主語。用逗點區隔，表強調的語氣。）

例 游泳是我最喜歡的運動。（「游泳」是主語。）

例 跳舞可預防腦退化。（「跳舞」是主語。）

詞類，也稱為詞品，也有人把這種詞類改變的情形稱作「轉品」。這是中國文法的特質。

【同動詞】

　　如果句子描述的是**主體**的*行為*與*動作*，句子中很容易找出動詞（或是述語）。如果句子是描述**主體**的*狀態*，述語就不是明顯易見的動詞，而是形容詞轉品變成的動詞，稱之為「同動詞」。

　　為什麼稱為「同動詞」？因為它具有和「動詞」相同的功能。

重點→同動詞的定義：說明主體是一個什麼東西，怎樣的狀況，屬於什麼種類，或是它自身包含什麼的詞。

　　同動詞分成兩種：

1. 說明「事物是什麼」「是什麼種類、性質、形態」「說明事物怎樣了」或者「它自身包含什麼部分」。

　　安妮**是**老師。
　　　　　同動詞

　　他們**是**學生。
　　　　　同動詞

【形態】ㄒㄧㄥˊ　ㄊㄞˋ：
　　事物的表現形式。例水有三種*形態*：液態、固態、氣態。

【部分】ㄅㄨˋ　ㄈㄣˋ：
　　整體中的局部或個體。例蛋糕沒了？我只吃到一*部分*而已。

例 這青蛙是塑膠做的。

這青蛙 是 塑膠做的。
同動詞

例 太陽似火。

太陽 似 火。
同動詞

「是」「似」兩詞，並不是敘述青蛙和太陽的動作，一個用來指定青蛙製品的原料，另一個是把太陽的某一性質跟另一事物相互比較，所以都是「同動詞」。

例 天氣溫暖了。

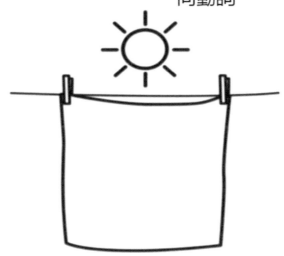

天氣 溫暖 了。
同動詞

例 他們是朋友。

他們是 朋友。
同動詞

2. 另一種「同動詞」是把句子中形容詞當作述語用。

例 這橋很長。

例 衣服*髒* 了。

例 水很*燙* 。

例 頭髮*白* 了。

例 翅膀*硬* 了。

小艾 **生氣**了。
同動詞

手帕 髒了。
同動詞

【內動詞】

根據動詞的動作，動詞可以被分成兩種：內動詞和外動詞。

要怎麼區分這兩種動詞呢？

➢ **重要線索→*主語產生的動作，造成了什麼影響？***

　　如果主語的動作，產生的影響只是「聚集在自己身上」，這個動詞就是「內動詞」。內動詞的動作只作用在自己身上，不投射於外物。

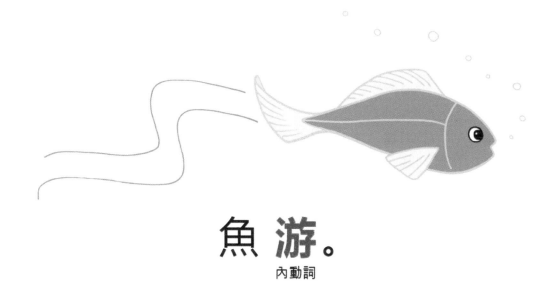

魚　游。
內動詞

【影響】ㄧㄥˇ　ㄒㄧㄤˇ：對他人或周遭事物起作用。例毒品會影響思考。

【聚集】ㄐㄩˋ　ㄐㄧˊ：
　　圍聚、集合。例廣場上聚集了許多歌迷，前來欣賞這場演唱會。

【投射】ㄊㄡˊ　ㄕㄜˋ：
　　投擲。擲：用力向前拋丟。例他在籃球比賽中經常遠距離投射得分。

句子必須包含「主語」和「述語」兩個部分。但是有些句子不像「我跑。」、「我跳。」這麼簡單明瞭。

例 **我 跑。**
主語　述語

例 **我 跳。**
主語　述語

例如：「小明拿。」這句話。有主語、有述語，但是意思表達得不完整，小明到底拿了什麼？

例 **小明 拿 ?**
　　主語　　述語

重要線索→ 除了主語、述語，句子中是否需要其他的連帶成分？這
完全是依照述語（動詞）來決定的。

這句話已經表達出一個完全的想法了嗎？

重點→ 主語發生了一個動作，動作的影響只「聚集在自己身上」，
這個述語就是「內動詞」。這句話有內動詞作述語，句子就
完成了。

例如，例①②③只用一個內動詞做述語，句子就完成了。

主語	述語
例① 工人們	來了。
例② 國旗	飄揚。
例③ 爸爸	睡了。

國旗 飄揚。
內動詞

爸爸 睡了。
內動詞

樹 倒 了。
內動詞

阿里 贏 了。
內動詞

她 病 了。
內動詞

她 坐 著。
內動詞

【外動詞與賓語】

重點→ 如果主語產生的動作，對另一個人、物造成了影響，這個述語所用的就是「外動詞」。外動詞的後面，一定要再帶一個**實體詞**，也就是**被動作所投射的事物**，稱之為「**賓語**」。

外動詞的定義：主語的動作，產生的影響必須要「波及它物」。

賓語的定義：句子中承受主語動作的那個人、事、物。

如果句子裡有主語有述語，卻不能完整地說明發生了什麼事。

像是：

小明　　釣

主語　　　述語

主體是小明，「釣」是動作。有主語和述語，句子仍然不完整，無法表達出主體發生了什麼事？這個句子缺少的部分就是**賓語**。

小明 釣 魚。
外動詞 賓語

【波及】ㄅㄛ　ㄐㄧˊ：

水波擴散，及於四周。比喻有所影響，牽累。例鄰居家失火，有可能會波及到自己的家。

重點→ **賓語**是外動詞做述語時的連帶成分。賓語是實體詞（**名詞**或**代名詞**）。

例如：我愛<u>台灣</u>（名詞）。

例如：小明摔倒了，需要有人去扶<u>他</u>（代名詞）。

外動詞的後面，一定要再帶賓語。例如，例④⑤⑥。

	主語	述語	賓語
例④	工人	造	橋。
例⑤	教師	講	故事。
例⑥	陽光	溫暖了	大地。

例 我要一隻烤雞，請幫我剁了牠。

我要一隻烤雞，請幫我<u>剁了</u> <u>牠</u>。

　　　　　　　　　　　　外動詞　賓語

　　　　　　　　　　　　　　　　（代名詞）

補充說明→中文的文法用語稱承受主語動作的人、事、物為「賓語」，這是以句子的主賓關係來命名。在英文文法中，主語被翻譯成「主詞」，賓語被翻譯成「受詞」。

她 吃 蘋果
　　外動詞　賓語

他們 下 西洋棋。
　　　外動詞　　賓語

阿成 剪 玫瑰。
　　　外動詞　賓語

小美 揮舞 旗子。
　　　外動詞　賓語

【更多賓語的例子】下列是賓語的範例：述語+賓語（畫底線）

例|媽媽煎<u>魚</u>。　　　　例|阿嬤織<u>毛衣</u>。

例|我寄<u>信</u>。　　　　　例|颱風經過<u>台灣</u>。

例|小明抽<u>煙</u>。　　　　例|有錢人蓋<u>房子</u>。

例|妹妹梳<u>辮子</u>。　　　例|小女孩戴<u>帽子</u>。

例|老師修改<u>文章</u>。　　例|魚照<u>鏡子</u>。

例|我修剪<u>樹木</u>。　　　例|經理接洽<u>業務</u>。

例|寶寶喝<u>牛奶</u>。　　　例|阿公吃<u>飯</u>。

例|工人製造<u>機器</u>。　　例|張家娶<u>媳婦</u>。

例|大家包<u>餃子</u>。　　　例|好多人避<u>雨</u>。

例|美美打開<u>書本</u>。　　例|他穿<u>溜冰鞋</u>。

　　外動詞，相當於英文文法的及物動詞。*及*是*到達*的意思，*及物*就是動作從 A 到 B（另一事物）。及物動詞的動作會直接影響到另一個人或事物，也就是動作波及了另一人或另一物。

重點→有一種簡單的說法：動詞後面需要接賓語的就是外動詞。

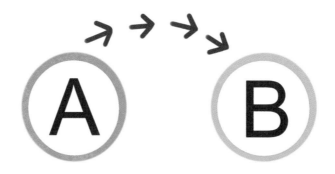

【及物動詞】ㄐㄧˊ ㄨˋ ㄉㄨㄥˋ ㄘˊ：
　　　　及物動詞的後面一定有一個受詞（賓語）來接收其動作。動詞後面有了受詞，句子才會完整。

【雙賓語】

有一種外動詞，表示人與人之間在交接事物，如*送*、*寄*、*贈*、*給*、*賞*、*教授*、*吩咐*等。這類的動詞常帶兩個名詞做賓語，這種用法稱為「雙賓語」。

例如： 我 送 張先生 一個禮物。
　　　 主語 述語 間接賓語 　　 直接賓語

雙賓語的句子裡，被交接的事物叫**直接賓語**；接受事物的人叫做**間接賓語**。

【直接賓語】ㄓˊ ㄐㄧㄝ ㄅㄧㄣ ㄩˇ：
　　直接賓語是述語的承受者。

【間接賓語】ㄐㄧㄢ ㄐㄧㄝ ㄅㄧㄣ ㄩˇ：
　　間接賓語表示述語動作的方向（對誰做）或動作的目標（為誰做），間接賓語緊接在述語後，但它在句子中不能單獨存在，並且和直接賓語組成雙賓語。

【中文的兩種基本句型】

中文的文法把「詞」依照句子來分辨「詞類」（或稱詞品）。

這是「以句子為本位的文法」，也就是說，要根據句子才能判斷是屬於哪種詞類。這是中國文法的特色。

講解中文的文法，主要在講解句法（句子的型式）。這就是「句本位的文法」。

把句子分成幾個不同的部分，劃分出來的部分叫做「句的成分」。

句子的主要成分：主語 + 述語

動詞有內動詞、外動詞、同動詞，所以基本的句型就有三種：

第一種句型、主語 + 內動詞。

例如：我 跌倒。

　　　主語　述語

第二種句型、主語 + 外動詞 + 賓語。

例如：妹妹 看 書。

　　　主語　述語　賓語

【補足語】

第三種句型、主語 + 同動詞 + 補足語。

例如：

植物 含有 水分。

主語　　　述語　　　補足語

補足語定義：補足語是述語的連帶成分，跟述語結合起來「補充說明」主語。

看看下面的例子⑦⑧⑨：

主語	述語	述語所帶的補足語
例⑦ 工人	是	勞動者。
例⑧ 這些工人們	好像	一支軍隊。
例⑨ 植物	含有	水分。

　　例⑦⑧⑨使用「同動詞」為述語，同動詞是用來**說明主語是什麼，處於怎樣的狀況，屬於何種類，或者自身包含了什麼**？這種同動詞，需要其他的詞類來補足這些意思。同動詞後面所帶的補足語，多半是實體詞。

更多例句：

例我**是**老師。

例這**是**夕陽。

例爸爸**是**工程師。

例蘋果**是**水果。

我 是 老師。
同動詞　補足語

例這些花**好像**夕陽。

例他的脾氣**好像**他爸爸。

例榴槤**好像**刺蝟。

例自來水**含有**微生物。

例發票的總金額**含有**營業稅。

例醫院的空氣**含有**許多細菌。

自來水 含有 微生物。
同動詞　　補足語

只有同動詞會帶補足語嗎？並非如此。

重要線索→ 主語的動作如果沒有涉及另一個事物，只在自身造成了影響，那麼自身產生了什麼變化呢？

有一種內動詞，使主語自身起了一種「變化」，變成別的事物。這種內動詞，**需要補足語來表示「它所變成的事物」，整句話的意思才得以完整**。

例如：

主語	述語	述語所帶的補足語
例⑩ 小美	變成	老師。
例⑪ 那個工人	成了	一個學者。
例⑫ 學生們	現出	愉快的樣子。

學生們 現出 愉快的樣子。
內動詞　　　　補足語

【中文的基本句型】基本句型先介紹三種：

第一種、述語是內動詞，不帶賓語也不帶補足語。

如例①②③：

主語	述語
例① 工人們	來了。
例② 國旗	飄揚。
例③ 爸爸	睡了。

國旗 飄揚。
內動詞

爸爸 睡了。
內動詞

【中文的基本句型】基本句型先介紹三種：

第二種、述語是外動詞，要帶賓語。

如例④⑤⑥：

主語	述語	賓語
例④ 工人	造	橋。
例⑤ 教師	講	故事。
例⑥ 陽光	溫暖了	大地。

更多例子：

例 農夫割草。

例 學生買書。

農夫 割 草。
外動詞 賓語

學生 買 書。
外動詞 賓語

【中文的基本句型】基本句型先介紹三種：

第三種、a.述語是同動詞，帶補足語。

如例⑦⑧⑨：

主語	述語	述語所帶的補足語
例⑦ 工人	是	勞動者。
例⑧ 這些工人們	好像	一支軍隊。
例⑨ 植物	含有	水分。

b.述語是內動詞，帶補足語。

如例⑩⑪⑫：

（有學者說此種為內動詞，也有學者將它歸類為內動詞轉成同動詞）

主語	述語	述語所帶的補足語
例⑩ 小美	變成	老師。
例⑪ 那個工人	成了	一個學者。
例⑫ 學生們	現出	愉快的樣子。

更多補足語的範例：（紅體字為述語，補足語畫底線）

例 我們是<u>朋友</u>。

例 這三個人是<u>同學</u>。

例 他是一個<u>好人</u>。

例 蛋糕上的奶油好像<u>一朵真花</u>。

例 這種陶土含有<u>金屬</u>。

例 這條手鍊含有<u>銀</u>。

例 他終於變成<u>富翁</u>。

例 她們變成<u>好朋友</u>。

例 多年後他成為<u>演員</u>。

例 天空出現<u>彩虹</u>。

例 他成為<u>奧運選手</u>。

例 手機螢幕出現<u>裂痕</u>。

重點→ 句子的主要成分是主語、述語；句子的連帶成分是賓語、補足語。

　　只要你了解基本句型，能夠分辨句子的結構。你就能容易地瞭解句子真正的意思，聽懂別人的話，減少很多誤解。

【重點總結 1】

 什麼是句子？

能夠表達出思想中一個完全的想法，完全的意思的，叫做句子。

 如何了解一個句子？

最重要的是找出句子中的主語和述語。

 述語有哪三種？

內動詞、外動詞以及同動詞。

 帶賓語的，就是外動詞。

 中文的基本句型有哪三種？

1.主語+述語。

2.主語+述語+賓語。

3.主語+述語+補足語。

【賓補語】

有些外動詞，帶了賓語，還要再帶補足語。

請看下面這個句子：

「演講」是屬於什麼成分呢？

重點→　有些外動詞帶了**賓語**，卻還不是一個完全的述語，**賓語**後面必須再帶一個詞來補足**賓語**的意思。這種外動詞，帶了**賓語**也要帶補足語，後面的補足語稱為**賓補語**。

分析→　「學生請我演講」，「請」是外動詞，「我」是賓語。

　　　　學生請我做什麼呢？請我演講。

　　　　「演講」這個詞補足了外動詞和賓語『請我……』的意思。所以「演講」是賓語的補足語，簡稱**賓補語**。

【有三種賓補語】

重要線索→ 主語的動作，造成的影響波及他物，被波及的他物，又
　　　　　　 產生什麼相對應的動作或反應呢？

第一種賓補語，是用動詞。

如例①的「演講」、例②的「發笑」

	主語	述語	賓語	賓補語
例①	學生	請	我	演講。
例②	我的動作	引起	孩子	發笑。

　　有一種外動詞具有「使令」、「請託」或「勸告」等意思（反面
「禁止」、「拒絕」等也是這種句型）。

　　例①，「我」是被請的人，「演講」是被請託的事，若是缺了其
中一種，這句話的意思便不完全。

　　賓語「我」接受了主語「請」的動作，去辦「演講」這件事。主
語使令、請託賓語去產生「相對應的動作」，「演講」這件事在句子裡
就是賓語的「補足語」。

我的動作 引起 孩子 發笑。
　　　　 述語　賓語　賓補語

第二種賓補語，是用名詞：

有一種外動詞有「稱謂」、「認定」或「更改」等等的意思。

被稱謂、被認定的人、事、物（就是賓語），要承受一個**新名稱**或**新關係**。這種新名稱或新關係的詞，在句子裡也是補足語。

這種補足語，簡直就是專屬於賓語的一個「說明」。如例③的「司機」、例④的「廚師」，都是名詞。

這個補足語和賓語之間常多個「為」或「作」。例如：③④

主語	述語	賓語		賓補語
例③ 他	稱	我	為	司機。
例④ 他們	選	我	作	廚師。

他們 選 我 作 廚師。
　　　述語 賓語 　　賓補語

【有三種賓補語】

第三種賓補語，是用形容詞。

有一種表示情意作用的外動詞，如「愛」、「恨」、「希望」、「贊成」、「佩服」、「誇獎」或「批評」等等，賓語後面還需要有更多的補充說明來補足意思。

如例⑤的「誠實」、例⑥的「勇敢」、例⑦的「懶散」，這些形容詞是「對賓語的一種評論」。

主語	述語	賓語	賓補語
例⑤ 我	愛	他們	誠實。
例⑥ 醫生	誇獎	我	勇敢。
例⑦ 他	批評	我	懶散。

他　批評　我　懶散。
述語　賓語　賓補語

【補足語的總結】

補足語總共有五種，但補足的部分卻不一樣。

同動詞帶的補足語是用來說明主語整體的情形 ⎤

內動詞帶的補足語是表示主語所形成的事物 ⎦ 是補足「主語」的。

外動詞所帶的補足語　（一）對賓語所祈使的事情 ⎤

　　　　　　　　　　　（二）對賓語所認定的名稱　是補足『賓語』的。

　　　　　　　　　　　（三）特別指出賓語的性質 ⎦

帶了賓語還要再帶補足語的外動詞，叫做不完全外動詞。

重點→補足語和賓語，都是**述語**的「連帶的成分」，是跟著
　　　　述語而產生的，也隨著述語而有所不同。

【常見的同動詞有哪些？】

1. 決定的同動詞：

是（為）（下頁繼續）

例 天氣*是* 晴朗的。

例 這橋*是* 鐵的。

例 工人*是* 勞動者。

例 失敗*為* 成功之母。

例 二十四小時*為* 一日。

例 腎臟*為* 排泄器官。

例 名人*為* 富有盛名的人。

天氣是晴朗的。

句子結構分析如下：

天氣　　是　＼晴朗的。
主語　　述語　　補足語

註解：句子結構的圖解方式之後會說明，或查詢本冊209頁的
【用圖解方式來說明文法】。

【為】ㄨㄟˊ：

　1. 擔任。例 大家選他為班代表。

　2. 變成。例 指鹿為馬、一分為二、化為烏有

　3. 是。例 失敗為成功之母。

（接上頁）

1. 決定的同動詞：

（接上頁）*就是（即是、便是）、乃是（乃）、算是（算）、*

例 萊姆*就是* 無籽的。

例 這*就是* 我家。

例 他的毛病*就是* 懶惰。

例 色*即是* 空。

例 光陰*即是* 時間。

例 這男子*便是* 她唯一的親人了。

例 這棟房子的持有人*便是* 我。

例 忠勇*乃是* 愛國之本。

例 健康*乃是* 最有價值的資產之一。

例 這筆金額*算是* 你的獎金。

例 這場比賽*算* 你贏。

萊姆就是無籽的。

句子結構分析如下：

萊姆	就是	無籽的。
主語	述語	補足語

【就是】ㄐㄧㄡˋ ㄕˋ：表示強調、堅決的語氣。例 這就是她家。

【便是】ㄅㄧㄢˋ ㄕˋ：就是、即是。例 數大便是美

【乃】ㄋㄞˇ：是。例 勝敗乃兵家常事、失敗乃成功之母。

【算是】ㄙㄨㄢˋ ㄕˋ：總算、可以被看成。例 我們兩家算是世交。

【常見的同動詞有哪些？】

1.決定的同動詞：

〔否定的〕 *不是、非、無*

例 他**不是**地球人，他是外星人。

例 我**不是**小偷。你搞錯了。

例 這**不是**我的車鑰匙。

例 惠子曰：「子**非**魚，安知魚之樂？」

例 惠子說：「你**不是**魚，怎麼知道魚的快樂？」

例 鳥類**非** 哺乳類動物。

例 玄色**非** 紅色，而是黑色。

例 天下**無**不散的筵席。

例 這種香檳**無**酒精。

他不是地球人。

句子結構分析如下：

他　　不是　　地球人。
主語　　述語　　補足語

【非】ㄈㄟ：不是。表示否定。與「是」相對。 例 非賣品、答非所問。

（接上頁）

1.決定的同動詞：

叫做、叫、說是………決定名稱、情形、狀態的同動詞。

例 這種動物*叫做* 獨角獸。

例 人類*叫做* 理性動物。

例 牠*叫*來福。

例 白色的這隻鳥*叫做* 小胖。

例 這間廟 *說是* 姻緣廟。

例 這種鳥 *說是* 幸運鳥。

含有、有、沒有(沒)

例 空氣*含有* 水分。

例 人*有* 手。

例 蛇*沒有* 腳。

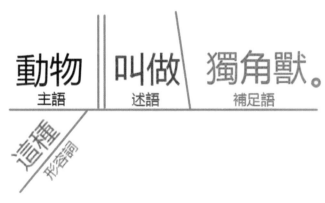

這種動物叫做獨角獸。

句子結構分析如下：

動物	叫做	獨角獸。
主語	述語	補足語

這種（形容詞）

【筵席】一ㄢˊ　ㄒㄧˊ：酒席。例 天下無不散的筵席，大家要珍惜相聚的時光。

【有】一ㄡˇ：表示事實、狀況的存在。與「無」相對。例 魚缸裡有十條魚。

【常見的同動詞有哪些？】

2.跟某事物做比較或推論的同動詞：

像、像是、好像（好像是）、猶如、如同（如）、好似（似）、等於

　　這一類的同動詞，是將兩個實體詞相比較，或是比較兩個短語、句子之間的相似與相同性。

　　例 猴子*像* 人。

　　例 她提著筆，*像* 要寫些什麼似的。

　　例 這些工人們*好像* 一支軍隊。

　　例 太陽*似* 火。

　　例 二加三 *等於* 五。

補充說明→ 同動詞*為*、*作（做）*與內動詞*成*，此四字常與下列這幾個動詞（認、稱、叫、當、以、改、化、分、合⋯）結合成「複合動詞」。

　　　　例 我*認為* 他是對的。

　　　　例 出版機構支付給作者的報酬，*稱做*稿費。

　　　　例 饅頭*分成* 兩半。

　　「同動詞」並不劃分為另一個詞類，而是屬於「動詞」的一種。在此詳細列出來，只是要讓你明白國語的詞類，在詞本身（即字的形體上）無從分別，會隨著它在句中的位置或職務變成另一種詞類。這是國語文法的特色。

【猶如】一ㄡˊ　ㄖㄨˊ：
　　如同、好像。例入夜後，臺北街頭燈火通明，猶如白晝。

【似】ㄙˋ：像、如。例這兩隻貓長得很相似。

【重點總結 2】

 什麼是**賓補語**？

賓語後面的補足語，用來補足賓語的。

 賓補語有哪三種？

用名詞、動詞、形容詞來補足賓語。

 同動詞後面的連帶成分稱為什麼？

補足語。

 目前已經學到的基本句型有幾種？

1. 主語+內動詞。

2. 主語+外動詞+賓語。

3. 主語+同動詞+補足語。

4. 主語+內動詞+補足語。

5. 主語+外動詞+賓語+賓補語（動詞）。

6. 主語+外動詞+賓語+賓補語（名詞）。

7. 主語+外動詞+賓語+賓補語（形容詞）。

【常見的動詞】從意義上可以把第 1-8 項區分為外動詞。

1. 處置事物的動詞：例取、種、吃、做、製造、保存⋯（賓語畫底線）

　　例和尚取水。

　　例老爺爺種花。

　　例我們吃早餐。

　　例奶奶做麵包。

　　例這工廠製造醬油。

　　例博物館保存古物。

2. 經驗方法的動詞：例看、聽、想、記、知（知道）、感覺⋯

　　（賓語畫底線）第 1、2 項，只帶「賓語」；有了賓語，句子的意思便完整了。

　　例爸爸看電影。

　　例我聽音樂。

　　例老師想例子。

　　例我記數字。

　　例這件事，我也知情。

　　例眼睛感覺光。

注意：外動詞第 2 項表示經驗方法的「感覺」，若作用只在主語自己身上，也可以認為是「內動詞」，所感覺的賓語便可解釋為「補足語」，與內動詞第 11 項用法相同。例如：她覺得很開心。

【製造】ㄓˋ　ㄗㄠˋ：

　　1. 把原料變為產品。例 製造藥品、飛機製造廠、製造機械設備。

　　2. 人為的造成某種不好的結果。例製造麻煩、製造謠言。

【知道】ㄓ　ㄉㄠˋ：明白；了解。例我知道這件事。

（接上頁）

3.交接物品的動詞：例送、寄、贈、奪、賞、給、交付…

這種外動詞，常帶「雙賓語」。

例我送張先生一個禮物。（禮物，直接賓語，張先生，間接賓語）

例我要寄信給劉大哥。（信，直接賓語，劉大哥，間接賓語）

例這家店贈會員一份小禮物。（禮物，直接賓語，會員，間接賓語）

例強盜奪錢。（錢，賓語）

例皇帝賞將軍一匹駿馬。（駿馬，直接賓語，將軍，間接賓語）

例媽媽給寶寶牛奶。（牛奶，直接賓語，寶寶，間接賓語）

例老闆交付任務。（任務，賓語）

注意：有些動詞，如第 3 項「送」和「給」可以結合成『複合動詞』。
　　　例如：這本書送給你。

我　送　張先生　一個禮物。
主語　述語　間接賓語　直接賓語

【交接】ㄐㄧㄠ　ㄐㄧㄝ：移交；接收。例新舊任市長今天交接。

【給】ㄍㄟˇ：交付、授與。例爸爸給錢。

【使】ㄕˇ：
　　1.讓、叫。例使人高興、使人滿意
　　2.命令、派遣。例支使、使喚、驅使

【常見的動詞】 從意義上可以把第 1-8 項區分為外動詞。

4. 交涉人事的動詞：例使（差使、使喚）、請、拜託、勸、囑咐、允許、拒絕、禁止…

這種動詞所帶的賓語，常再帶「*補足語*」。

例老爺使僕人*打掃*。（*打掃*是賓補語）

例學生請我*演講*。（*演講*是賓補語）

例我請爸爸*拿手機*。（*拿手機*是賓補語）

例媽媽拜託爸爸*煮飯*。（*煮飯*是賓補語）

例老師勸學生*認真*。（*認真*是賓補語）

例醫生囑咐病人*休息*。（*休息*是賓補語）

例我允許你*喝酒*。（*喝酒*是賓補語）

例警察拒絕犯人*行賄*。（*行賄*是賓補語）

例公園禁止狗*大小便*。（*大小便*是賓補語）

5. 認定名義的動詞：例認、稱、叫、當、以為…

這種又名「不完全的外動詞」，表示只帶賓語不能完成動作，需再帶「*補足語*」。

例他認我為*兄弟*。（我是賓語，*兄弟*是補足語）

例我們稱他*老人*。（他是賓語，*老大*是補足語）

例他們叫我*老師*。（我是賓語，*老師*是補足語）

例你們當我*沒感覺*？（我是賓語，*沒感覺*是補足語）

例我以為你*忘記了*。（你是賓語，*忘記了*是補足語）

【認】ㄖㄣˋ：

1. 辨識、分別。例認字、辨認、認明
2. 表示同意、接受。例承認、認輸、認可
3. 當作、以為。例認為、錯認

（接上頁）

6. 變更事物的動詞：例改、化、分、合…

　　這種動詞也常再帶「*補足語*」。

　　例老師改考卷。（考卷是賓語）

　　例這兩人化敵*為友*。（敵是賓語，*為友*是補足語）

　　例我們化悲憤*為力量*。（悲憤是賓語，*為力量*是補足語）

　　例兩兄弟已經分家。（家是賓語）

　　例秦始皇合天下*為一家*。（天下是賓語，*為一家*是補足語）

7. 情意作用的動詞：例愛、希望、憂慮、贊成、佩服、批評、笑、罵…

　　這種動詞的賓語，有時也再帶「*補足語*」。

　　例我愛你*善解人意*。（你是賓語，*善解人意*是補足語）

　　例我們希望國家*無戰事*。（國家是賓語，*無戰事*是補足語）

　　例人民憂慮電費*漲價*。（電費是賓語，*漲價*是補足語）

　　例我贊成我們*玩一場遊戲*。（我是賓語，*玩一場遊戲*是補足語）

　　例我佩服他*勇敢*。（他是賓語，*勇敢*是補足語）

　　例報紙批評這位官員*濫用資源*。（這位官員是賓語，*濫用資源*是補足語）

　　例眾人笑我*太癡狂*。（我是賓語，*太癡狂*是補足語）

　　例爸爸罵兒子*不認真*。（*不認真*是補足語）

【常見的動詞】從意義上可以把第 1-8 項區分為外動詞。

8. 表示關係的動詞：例有、沒有、無⋯

這種性質類似同動詞；所帶的賓語，實在沒有受到動作的波及。

例這位老師很有學問。

例做人要有良心。

例爺爺有了年紀。

例跑步的場地沒有限制。

例這個問題沒有解答。

例數位學習無國界。

例醫者無男女之分。

小偷沒有良心。
動詞

「副詞性賓語」的說明：

　　有一種內動詞，這種動詞的動作雖然沒有波及其他的事物，卻常常與其他的事物有關係。

　　例如：

　　例①你*坐車*，我*走路*。

　　例②他去年*在北平*，今年*到上海*，明年*往廣州*。

　　如「坐、走、站」這種內動詞，以及「在、往、到、經過」等字當**述語**用時，這類的動詞常常與其他的事物有關係，故有人稱它為「關係內動詞」。

　　車、路、北平……都是表示動詞的地理位置。這些實體詞很像是賓語，但其實不是，因為它並沒有承受述語的動作而產生任何影響。理論上來說要看成是副詞的性質（副詞就是用來修飾動詞、形容詞或其他副詞的），所以這類動詞後面的實體詞也稱為「副詞性賓語」。

　　以英文來說，「昨天、今天、明天……」這類表時間的詞都是副詞；所以在中文的文法上，也把表示*位置*或*時間*的實體詞，當作副詞的性質來看。

　　就句法的結構來說，副詞性賓語前面可以添加一個介詞，如例①可以添加「在」字：「你在*坐車*，我在*走路*。」。

　　例②的內動詞「在」、「往」、「到」、「過」等，因為這些詞本身常常當作介詞，習慣上就不在它們下面加介詞了。

　　例媽媽*在家*，爸爸*在公司*，我*在學校*。（家、公司、學校都是副詞性賓語）

【常見的動詞】 從意義上可以把第 9-13 項區分為內動詞。

9.跟動作有關的：例飛、來、去、走、站、坐、休息、睡、死…

例鳥飛獸走。

例冬去春來。

例敵人走了。

例嬰孩站起來。

例客人坐。

例病人休息。

例孩子睡了。

例他死了。

注意：第 9 項「來」與「去」也常被複合動詞結合為三個字。例如：

例光線從街上透進來。

例外面有一個人走進來。

例這隻小鳥飛去了。

【來】ㄌㄞˊ：

　1. 從別處到此處。例回來、有朋自遠方來

　2. 做某種動作。代替某種動作的動詞。例來首歌、來根煙、來盤小菜

【去】ㄑㄩˋ：

　1.由此處到別處。與「來」相對。例去學校、去公司、馬上就去

　2.除掉。例去皮、去掉、去偽存誠

（接上頁）

10.關係到他物的動作：例 在、坐、走、站、墜落、到、上、下、出、
　　　　　　　　　　　　　入、進…

　　　這種內動詞，叫做「關係內動詞」，常常帶「副詞性賓語」（也就是表*位置*或*時間*的實體詞）。

例 我在*學校*。（*學校*是實體詞）

例 訂婚的儀式在*星期天*。（*星期天*是實體詞）

例 小明坐*校車*。（*校車*是實體詞）

例 她走*馬路*。（*馬路*是實體詞）

例 老爸站*後面*。（*後面*是實體詞）

例 蘋果墜落*地面*。（*地面*是實體詞）

例 車子到*目的地*。（*目的地*是實體詞）

例 特價到*三月*。（*三月*是實體詞）

例 爸爸上*二樓*。（*樓*是實體詞）

例 全體下*車*。（*車*是實體詞）

例 我們出*車站*。（*車站*是實體詞）

例 羊入*虎口*。（*虎口*是實體詞）

例 大船進*港*。（*港*是實體詞）

注意：
第 10 項「進」與「入」也常與其他動詞結合，例如：「送進」、「投入」。

【常見的動詞】 從意義上可以把第 9-13 項區分為內動詞。

11. 通常跟自身改變有關：例變、成、現出、作（做）、為…

　　這種叫做「不完全內動詞」，必帶「*補足語*」。

例毛毛蟲變*蝴蝶*。

例這條蛇已成*蛇精*。

例當初的小男孩成了*現在的首領*。

例盜賊現出*蹤跡*。

例你化作*灰*，我也認得。

例他初為*人父*，內心很緊張。

注意：

　　為、作（做）、成，此四字也常和第 5.6 項的動詞結合成複合動詞。例如：「叫做」、「化為」等。

例開會的地方叫做會議室。

例這東西叫做圓規。

例一場大火使廠房化為烏有。

例傳說中蛟一千年化為龍。

「叫做」已經變成了「決定名稱或情況、狀態的同動詞」。

（接上頁）

12. 關於情意的作用：例笑、哭、歡喜、害怕…

這種可兼作外動詞，同第 7 點，賓語有時需再帶「補足語」。

例我笑。

例我笑他笨。

例妹妹哭。

例妹妹哭玩具不見了。

例大家歡喜。

例我歡喜孩子認真。

例群眾害怕。

例群眾害怕子彈飛來。

例我嫌它吵。

我嫌它吵。

句子結構分析如下：

我	嫌	它	吵。
主語	述語	賓語	賓補語

【常見的動詞】從意義上可以把第 9-13 項區分為內動詞。

13.表示存在：例 有、在

這種和第 10 項一樣，常帶表**位置**或**時間**的實體詞；但性質卻很類似同動詞。

例 教室有一張桌子。這句話的意思是→有一張桌子（在**教室**）。

例 牆上有壁虎。這句話的意思是→　有壁虎（在**牆上**）。

例 夏天有蟬。這句話的意思是→　有蟬（在**夏天**）。

例 晚上有月亮。這句話的意思是→有月亮（在**晚上**）。

例 我家在台北。

例 壁虎在牆上。

例 人在阿里山上。

例 拖鞋在鞋櫃裡。

【有】一ㄡˇ：
　　表示存在（與「無」相對）。例 魚缸裡有十條魚、書櫃裡有很多工具書。

【在】ㄗㄞˋ：居於、處於。例 在任、在位、在職

【存在】ㄘㄨㄣˊ ㄗㄞˋ：
　　持續佔據時間或空間。例 許多古蹟已經遭到毀壞，現在不存在了。

【如何分辨內動詞或外動詞？】

重點 1→　外動詞和內動詞並不是固定的。

重點 2→　有些動詞可以是內動詞，也可以是外動詞。

重點 3→不需要死記強背來分辨內動詞或外動詞，分辨的
　　　　　方法完全從句子中動詞的用法而定。

重點 4→　凡是帶賓語的就是外動詞。

重點 5→　表示**位置**或**時間**的實體詞不是賓語。

　　上面動詞第 1-13 項的分類，不過是舉例。我們要活用，不要拘泥。

　　理解內動詞與外動詞的不同，有幫助於理解句子的結構。

助動詞

【助動詞】

助動詞主要是用來協助動詞的，數目也有限；助動詞有附在動詞前面的，也有附在動詞後面的，助動詞是屬於主要動詞的一部分，主要動詞就是句子中的**述語**。

助動詞共有 11 種分類。

附在動詞之前的助動詞：

例　他　辦　這件事嗎？
　　主語　述語

例　他　可以　辦　這件事嗎？
　　主語　助動詞　述語

加了助動詞「可以」，讓這句話的疑問語氣更明顯，用來詢問這件事可能發生嗎？因為「可以」有「表可能」的意思。

附在動詞之後的助動詞：

例　你　快點　躺。
　　主語　　　述語

例　你　快點　躺　著。
　　主語　　　述語　助動詞

加了助動詞「著」使躺這個動作帶有持續的意思，因為「著」有「表持續」的意思。

本書所列舉的內、外動詞，同動詞，助動詞，並非全部；讀者若能從國語的文學作品中，或日常生活的應用上，歸納到新的動詞，都可以再補充出來。

【助動詞，附於動詞前】

1. 表可能（助動詞加底線）

可以、可、不妨、能夠、能、會、夠、足（足以）、配…

例 他<u>可以</u>辦這件事嗎？

例 現在沒有時間<u>可以</u>浪費了。

例 我們不<u>可</u>抹煞他的好處。

例 大家<u>不妨</u>一試。

例 頭腦昏沈時，<u>不妨</u>喝杯茶。

例 他幾時<u>能夠</u>回來。

例 很多動物都<u>能夠</u>發出聲音。

例 我一點兒都不<u>能</u>喝酒。

例 他八歲的時候，就已經很<u>會</u>游泳了。

例 不人道的政治，漸漸地<u>會</u>從這世界上消去了。

例 戰爭的苦痛真<u>夠</u>受了。

例 他的舉動<u>足以</u>做學生們的榜樣。

例 這班人實在不<u>足</u>道。

例 他們也<u>配</u>說這種話嗎？

【會】ㄏㄨㄟˋ：能、能夠。例只要努力，理想一定會實現。

【夠】ㄍㄡˋ：表示達到一定的數目或程度。例足夠、夠本

【足以】ㄗㄨˊ　ㄧˇ：
　　足夠：完全可以（達到某種程度或實現某種程度）。例這些情況足以說明他是一個善良的人。

【配】ㄆㄟˋ：適合、夠得上。例以他在學業上突出的表現，的確配稱為資優生。

【助動詞，附於動詞前】

2. 表意志 （助動詞加底線）

要、欲、想、打算… （下頁繼續）

例 我<u>要</u>吃飯。

例 我<u>要</u>打開這扇門。

例 讀書<u>要</u>專心；不<u>要</u>粗心。

例 我<u>欲</u>遊遍全世界。

例 <u>欲</u>加之罪，何患無詞。

例 他<u>想</u>成為一位詩人。

例 他<u>想</u>把英語練習純熟。

例 你<u>打算</u>學習哪一國的語言？

例 這位歌星<u>打算</u>舉辦演唱會。

【要】一ㄠˋ：
1. 應該。例 說話要簡明、勁兒要往一處使。
2. 即將（指明事物發展的趨勢）。例 天要下雨了。
3. 表示決心做某件事。例 一定要把經濟搞好。

【欲】ㄩˋ：
1. 想要、希求。例 欲哭無淚、暢所欲言
2. 將要。例 搖搖欲墜

【想】ㄒㄧㄤˇ：希望；計劃。例 想去看電影、想出國旅遊。

【打算】ㄉㄚˇ ㄙㄨㄢˋ：
考慮、計劃。例 我打算畢業後，先工作一年，然後再出國留學。

【助動詞，附於動詞前】

2. 表意志（助動詞加底線）

（承上頁）**願意、肯、敢、屑…**

例 沒有人<u>願意</u>待在孤島。

例 誰<u>願意</u>打掃，誰就去打掃。

例 你<u>願意</u>聆聽這件事嗎？

例 沒有人<u>肯</u>放下手機。

例 你若<u>肯</u>幫忙，就會沒事。

例 他們是不<u>敢</u>去呢，還是不<u>屑</u>去 ？

例 你<u>敢</u>爬樹嗎 ？

例 「你<u>敢</u>打他嗎？」「我不<u>屑</u>打。」

【願意】ㄩㄢˋ 一ˋ：
　　同意、樂意。例這次的義演活動，許多藝人願意共襄盛舉。

【肯】ㄎㄣˇ：同意；樂意；許可。例 肯幫助同學、他終於肯留下了。

【敢】ㄍㄢˇ：
　　1. 有膽量勇氣（做某事）。例敢作敢當、敢怒不敢言。
　　2. 有把握地作判斷。例 我敢發誓、我敢保證，犯人絕對是他。

【屑】ㄒㄧㄝˋ：
　　認為值得。多用於否定，表示不值得或輕視。例不屑一顧、不屑和他為伍。

【助動詞，附於動詞前】

3. 表當然 （助動詞加底線）

應該（應、該、宜）、應當…（下頁繼續）

例 他應該吃完了。

例 媽媽應該起床了。

例 該做的事，應當早做。

例 享受一分權利，應盡一分義務。

例 你應稱呼他為舅公。

例 你身為主管，應當負責。

例 這種無私的精神，應當得到獎勵。

例 冤家宜解不宜結。

例 她現在的身體狀況不宜旅行。

例 這裡不宜喧鬧。

動詞之前，常用「要」、「打算」、「能夠」、「可以」、「應該」、等詞，這些都是「助動詞」。

【應】一ㄥ： 理當；應該。例 應當、應非難事、應有盡有。

【該】ㄍㄞ：應當。例 應該、該回家了、該休息一下

【宜】一ˊ：應該、應當。例 不宜喧鬧、不宜妄自菲薄

【助動詞，附於動詞前】

3. 表當然 （助動詞加底線）

（接上頁）**須要、須、得、務必…**

例 你<u>須要</u>做一個男子漢。

例 我<u>須要</u>吃東西。

例 我<u>須要</u>圍繞操場跑五圈。

例 開車<u>須</u>留心旁邊的車輛與行人。

例 家事你無<u>須</u>管。

例 不是本會職員，不<u>得</u>進入。

例 這本書不<u>得</u>帶出閱覽室。

例 地震後他被救了出來，終於<u>得</u>見他的家人。

例 這件事很重要，請<u>務必</u>轉達。

例 請<u>務必</u>準時到。

例 這幅畫<u>務必</u>妥善保存。

【須】ㄒㄩ：一定、要。例這件事今天必須完成。

【得】ㄉㄜˊ：可以、能夠。例不得無禮、得饒人處且饒人

【務必】ㄨˋ ㄅㄧˋ：一定、必須。例他來的時候，請務必告訴我。

【助動詞，附於動詞前】

4. 表必然 （助動詞加底線）

一定、必定、必、決定、決、斷然…（下頁繼續）

例 我若能辦，我<u>一定</u>辦。

例 我<u>一定</u>做到這件事。

例 這盤菜，我<u>一定</u>吃掉。

例 喝太多咖啡，今晚<u>必定</u>失眠。

例 請你不<u>必</u>擔憂。

例 我<u>決定</u>早起讀書。

例 爸爸<u>決定</u>不吃消夜。

例 你的表現<u>決</u>不是進步，而是後退。

例 小明<u>斷然</u>拒絕毒品的誘惑。

【一定】一　ㄉㄧㄥˋ：肯定、必然。例 明天上午我一定準時出席。

【必】ㄅㄧˋ：一定、肯定。例 不論明天天氣如何，我必來看你。

【必定】ㄅㄧˋ ㄉㄧㄥˋ：表示態度堅決，不會改變。例 我必定成功歸來。

【決定】ㄐㄩㄝˊ ㄉㄧㄥˋ：
　　做判斷或主張。例 她想減重，決定每天早起運動。

【決】ㄐㄩㄝˊ：
　　用在否定詞前面，相當於「一定」、「必定」。例 決不後退、決無二心

【斷然】ㄉㄨㄢˋ ㄖㄢˊ：
　　1. 堅決：果斷。例 斷然拒絕、斷然否認、斷然離開、斷然放棄。
　　2. 絕對：無論如何。例 斷然使不得、斷然不能接受

【助動詞，附於動詞前】

4. 表必然（助動詞加底線）

（接上頁）不得不、不能不、不可不、不免、未免、不由得…

例 他的腿受傷了，<u>不得不</u>退出比賽。

例 寒流來了，大家<u>不得不</u>穿上外套。

例 他為人狡猾，你<u>不能不</u>防他。

例 因為父母的反對，他們倆<u>不能不</u>分手。

例 這是台中的名產，<u>不可不</u>買。

例 人證物證都在，我<u>不可不</u>信。

例 病一直不好，我心裡<u>不免</u>焦急。

例 回憶過往，<u>不免</u>讓人感傷。

例 你<u>未免</u>太斤斤計較了吧。

例 你的解釋<u>未免</u>太牽強了。

例 一般武人<u>未免</u>把戰事太看輕了。

例 他一副小丑模樣，大家<u>不由得</u>笑成一堆。

【不得不】ㄅㄨˋ ㄉㄜˊ ㄅㄨˋ：
　　必須、必要如此。例他的腿受傷了，不得不退出這場比賽。

【不免】ㄅㄨˋ ㄇㄧㄢˇ：必然、免不了。例人生不免有逆境。

【不由得】ㄅㄨˋ ㄧㄡˊ ㄉㄜˊ：
　　1.不容許。例證據充分，不由得他不俯首認罪。
　　2.忍不住、不能自制。例看他一副小丑模樣，大家不由得笑成一堆。

【助動詞，附於動詞前】

5. 表或然 （助動詞加底線）

也許、或許、恐怕…

例 明天我<u>也許</u>不出門。

例 這隻鳥<u>也許</u>不吃水果。

例 他的家人<u>也許</u>不知道這件事。

例 他的腿受傷了，<u>也許</u>無法參加比賽。

例 他們<u>或許</u>走了。

例 這兩人<u>或許</u>吵架了。

例 這週日<u>或許</u>能去游泳。

例 這條路<u>恐怕</u>封了。

例 這時候，巧克力口味的蛋糕<u>恐怕</u>沒了。

例 這麼晚了，那家店<u>恐怕</u>打烊了。

例 遺失的手鍊，<u>恐怕</u>找不著了。

例 這次的颱風<u>恐怕</u>帶來不小的災害。

【也許】ㄧㄝˇ　ㄒㄩˇ：可能、說不定。例 這家店也許有你想要的東西。

【或許】ㄏㄨㄛˋ　ㄒㄩˇ：
也許，說不定。表示不肯定或猜測的語氣。例 他或許是有不得已的苦衷吧！

【或】ㄏㄨㄛˋ：表示選擇。例 這次郊遊你到底去或不去？

【恐怕】ㄎㄨㄥˇ　ㄆㄚˋ：
1. 畏懼擔心。例 寒流來襲，他恐怕著涼，就穿了大衣才出門。
2. 可能、大概。例 天空烏雲密布，恐怕要下雨了吧！

【助動詞，附於動詞前】

6. 表被性 （助動詞加底線）

被、見、挨

例 他昨天晚上<u>被</u>搶，又<u>被</u>警察問話。

例 屢屢犯錯的職員<u>被</u>開除了。

例 這包裹<u>被</u>掉包了嗎？

例 這話<u>見</u>笑得很。（在文言文中，「見」字此用較廣）

例 這件事讓您<u>見</u>笑了。

例 我說的話千真萬確，請勿<u>見</u>疑。

例 如有招待不週之處，敬請<u>見</u>諒。

例 因為你，我才<u>挨</u>罵。

例 這小孩又<u>挨</u>揍了。

例 別在這搗蛋，小心<u>挨</u>揍。

「被」字有兩種用法：

(1) 用在**動詞**前面，是『表被性的助動詞』，這種用法的字還有「見」、「挨」等字。 例 他昨天晚上*被*搶。

(2) 用在實體詞前面，是「介詞」的用法（介詞的介紹在第七單元。

　　　例 他昨天 *被* 老師處罰。
　　　　　　　　介詞

───────────────────────────

【被】ㄅㄟˋ：蒙受、遭受。 例 衣服被弄髒、我被雨淋溼

【見】ㄐㄧㄢˋ：用在動詞前，表示去做該動詞的動作。 例 見諒、見笑、見疑

【挨】ㄞ：承受、忍受。 例 他挨打了、這孩子挨罵了、別挨餓了

【助動詞，附於動詞前】

7. 表趨勢 （助動詞加底線）

來、去

例 <u>貴花</u>！我<u>來</u>問你！

例 我<u>來</u>唱首歌 。

例 你<u>來</u>看店。

例 媽媽<u>來</u>看我。

例 我<u>來</u>看看到底發生什麼事！

例 你怎麼<u>去</u>同這種人<u>結盟</u>？

例 你不要<u>去</u>吸毒。

例 媽媽<u>去</u>買菜。

例 我和一群朋友<u>去</u>爬山。

例 我哥哥<u>去</u>跑步了。

【助動詞，附於動詞後】 動詞後的助動詞是國語特有的。

8. 表可能 （助動詞加底線）

得ㄉㄜˊ（相等於「能、可能」的意思）這種用法較舊，分三項說明，大多從舊小說中舉例：

(一) 助內動詞

例 你還走<u>得</u>嗎？我已經走不<u>得</u>了。（走是內動詞）

例 你既生病，如何來<u>得</u>？（譯：你既然生病，怎麼能來？（來是內動詞）

例 俺如何與他爭<u>得</u>？（譯：我怎麼與他爭？（爭是內動詞）

(二) 助外動詞

例 胃病好了，吃<u>得</u>東西了。

例 小的高俅，胡亂踢<u>得</u>幾腳球。（譯：我的名字是高球，能踢幾腳球。踢是述語，球是賓語）

例 母親說他不<u>得</u>。（譯：母親也無法管教他。說是述語，他是賓語）

例 告訴不<u>得</u>你。（譯：我不能告訴你。告訴是述語，你是賓語）

(三) 助外動詞的被動式

例 生冷的東西還吃不<u>得</u>。（譯：生冷的東西不能吃。吃是述語，生冷的東西是賓語）

例 此殿的門開不<u>得</u>。（譯：這個門不能被打開。開是述語，門是賓語））

例 他這館子裡，這路菜一定吃不<u>得</u>。（譯：這間餐館的這類菜不好吃。吃是述語，菜是賓語））

例 毒品吸不<u>得</u>！（譯：毒品是不能吃的東西。吸是述語，毒品是賓語）

【助動詞，附於動詞後】 動詞後的助動詞是國語特有的。

9. 表完成 （助動詞加底線）

　　　了　‧ㄌㄜ

1例 他們來了一會兒了。

2例 他嚇得把衣袖蒙了臉。

　　　1,2是 "現在式" 的完成（剛完成）

3例 那時候我多喝了幾杯酒。

4例 他已經有了妻子了。

　　　3,4是 "過去式" 的完成（已完成）

5例 我不會忘記了你。

6例 饒了我吧！

7例 等一會他就出來了。

　　　5,6,7是 "未來式" 的完成（將完成）

【了】：‧ㄌㄜ

置於句末或句中停頓處，表示動作結束或不耐煩、勸止等的語氣。例 車
子到了、好了、你別哭了

「了」字，常當動詞或副詞，讀ㄌㄧㄠˇ。但是做助動詞時，要讀‧ㄌㄜ。

【「了」字的補充說明】

1. 放在句末的「了 」（・ㄌㄜ），與緊跟動詞的『了』（・ㄌㄜ），兩者詞類不同。

   例 我 吃了 早餐 了。
   　　　　述語

   第一個「了」字是助動詞，表示「完成」之意。

   第二個「了」字是助詞，是用來幫助全句的語氣。

2. 助動詞「了」，有時和助詞「了」，無法分別。

   例 太陽 下 山 了。
   　　　　述語　　　　「了」字是助動詞也是語尾助詞

   因為當助動詞「了」恰巧也用在句尾時，就同時兼攝了助詞的職務，也有表示全句「完結語氣」的作用。

   更多例子：

   例這裡剛剛停電了。

   例水滾了。

   例花綻放了。

我吃了蘋果了。

句子結構分析如下：

我	吃了	蘋果
主語	述語	賓語

了。

【助詞】：ㄓㄨˋ ㄘˊ
　　用來幫助詞和語句，以表示說話時的神情或態度的。這種詞本身沒有什麼意思，不過是一種代替符號的作用。像是嗎、呢、吧……。

【助動詞，附於動詞後】　動詞後的助動詞是國語特有的。

10.　表持續，在國語中指動詞正在持續地進行。

著・ㄓㄜ　（助動詞加底線）

例 他在那兒坐著。

例 你好好躺著。

例 小心！我端著一鍋熱湯。

例 我們正開著會。

例 聽著，這件事很重要。

例 他搖著頭走進店裡去。

例 背後立著警察。

　　「著」字也常作動詞用，讀ㄓㄠˊ。例 這孩子睡著ㄓㄠˊ了、他著ㄓㄠˊ了我的道了。

　　有些動詞之後，常附加「了」、「著」、「起來」等詞；這是「後附的助動詞」，表示「**動作完成**」，或「**正在進行**」的動詞語尾，屬於動詞的一部分。

　　附在動詞之後的*助動詞*，其實和*助詞*的性質差不多；不過*助動詞*只管幫助「動詞」（述語）。*助詞*卻可以幫助一切的語或句。

【著】・ㄓㄜ：
　　表示動作或狀態持續進行的語氣。例 他正和客戶說著話，別進去打岔。

【助動詞，附於動詞後】 動詞後的助動詞是國語特有的。

11. 表持續，才開始的持續。

來、起來；去、下去 （助動詞加底線）

例 屈指算來，已經一十五年了。

例 你且聽我道來。

例 這麼說來，你還欠我一個禮物。

例 看來事情不是很容易。

例 看來兇手不只一個人。

例 大家唱起來吧！

例 所有人一起動起來！

例 放開眼界看去！打起精神做去！

例 這件事，由你辦下去吧！

例 你再打下去，他就掛了。

例 聽下去就會知道結果。

例 請你繼續講下去！

【起來】：ㄑㄧˇ ㄌㄞˊ

1. 坐起或站起。例經過復健後，原本癱瘓的他已能坐起來活動。
2. 置於動詞詞尾，表示開始發生或興起。例他一聽到哨音，馬上就跳了起來。

【下去】：ㄒㄧㄚˋ ㄑㄩˋ

1. 用在動詞後，強調由高處往低處。例電梯故障，大家只好從樓梯走下去。
2. 用在動詞後，表示事情繼續進行。例你只要堅持的做下去，一定會成功！
3. 用在形容詞後，表示程度漸漸增加。例天氣再熱下去，大家都受不了！

恭喜你！
你已經完成中文基礎文法
第四單元

你已經知道句子的基本結構：

內動詞、外動詞、同動詞、助動詞

賓語、補足語、賓補語

接下來，在第五單元，你將學到

● 　動詞「有」、動詞「在」的各種使用方法。

● 　動詞「需要」和「須要」有何不同？

● 　動詞「做」和「作」的常見用法。

● 　以及另一種詞類：「副詞」。

「副詞」跟時間有很大的關係。

中文，真的很有意思！

第五單元

【前言】

　　第五單元我們會先介紹幾個很容易混淆的動詞，並舉例說明它們的各種用法。

　　然後還會介紹另一種修飾詞——副詞。這種修飾詞使你能更精確地表達你的意思。

　　容易誤解的詞已經在下方列出定義。如果你無法輕易說出那個定義，沒關係，只要把不熟悉的定義弄懂，就可以繼續往下了。

【「須要」與「需要」的使用方法】

詞	須	需
國語辭典簡編本解釋	1.一定、要。 　例必須。	1.有所欲求。 　例需求、需索、需要。 2.費用、給用。 　例軍需
康軒教育網教材釋疑	「需」與「須」常被混用，其實是有些不同的。 　通常「須」用於**助動詞**，可加強動詞的程度或狀態。如「我們**須要**運動，才能保持健康。」含有「必須」的意思。 　而「需」通常用作主要動詞，如：「我需要這本書」，含有「需要」的意思。 　注意「需求」不可寫成「須求」。 （資料來自康軒國語5上教師手冊）	
結論	➢　需：有需求。「需」是主要動詞，後接賓語。 　例如：必需品、需要一本書。 ➢　須：一定要。「須」是助動詞，後接動詞。 　例如：必須走。	

【「有」字的說明】

中文的「有」字用法最複雜，有內動詞、外動詞、同動詞的用法。

第一種用法：「有」當內動詞，句首常是表示空間或時間的名詞。

例1 東面*有* 松樹林。

例2 罐子裡*有* 餅乾。

例1的「東面」和例2的「罐子裡」，看起來好像是主語，其實不是，「東面、罐子裡」都只是在描述位置。

東面 有 一 道 松樹林。

句子結構分析如下：

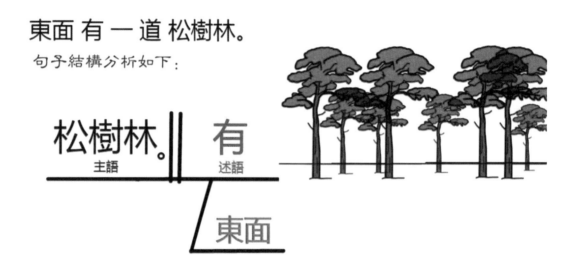

罐子裡 有 許多的 餅乾。

句子結構分析如下：

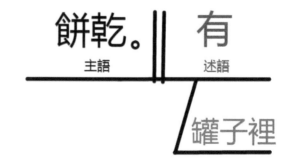

（接上頁）

例 樹上*有* 蘋果。

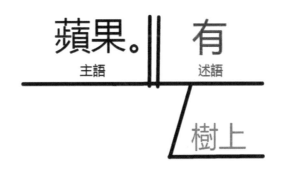

蘋果。‖有

主語　述語

樹上

重點→句首是表示空間或時間的名詞時，句子中的「有」字
不是「所有」、「領有」的意思，而是「**存在**」的意思。

更多例句：

例 深山*有* 老虎；大海*有* 鯨魚。

例 昨天*有* 一樁奇怪的事情。

例 街上*有* 一個怪人。

例 茶棚裡*有* 許多工人。

例 冰箱裡*有* 飲料。

例 杯子裡*有* 汽水。

例 廚房*有* 許多食材。

【「有」字的說明】

第二種用法：「有」字在句首，一樣有「**存在**」的意思，

例 *有*一個女孩。

有一個女孩。

句子結構分析如下：

重點→　「有」字放在句首，句子中沒有別的**述詞**，「有」字就成了**述語**。這種用法屬於內動詞。

更多例句：

例 *有*一個馳名世界的科學家。

例 *有*紅色的棒棒糖，也*有*綠色的棒棒糖。

例 *有*幾架飛機。

例 *有*兩三朵白雲。

例 *有*很多玫瑰。

例 *有*一顆球。

（接上頁）

有很多玫瑰花。

句子結構分析如下：

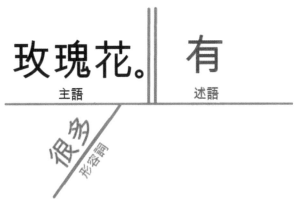

有一顆球。

句子結構分析如下：

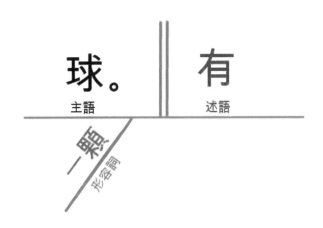

84

【「有」字的說明】

第三種用法：「有」是外動詞，**主語、賓語必異體**。

例 我 *有* 書。

我 有 書。
句子結構分析如下：

我 ‖ 有 | 書。
主語　述語　賓語

重點→ 「我」和「書」不是同一個物體或主體。這種「有」字屬於外動詞，「書」是賓語。

（下頁繼續）

【異】一ˋ：不同的、有所分別的。與「同」相對。例異議、異族

【體】ㄊㄧˇ：
　　1.人體或其他動物的全身。例身體、肉體、人體。
　　2.身體的各部分。例肢體、上體、五體投地。
　　3.事物本身。例主體。

（接上頁）

例 她*有* 很多項鍊。

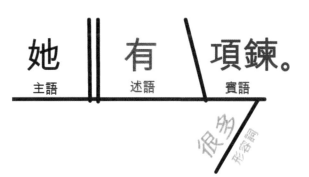

她 有 很多 項鍊。
句子結構分析如下：

她 ‖ 有 ＼ 項鍊。
主語　　述語　　賓語
很多
形容詞

重點→「她」和「項鍊」不是同一個物體。一個很容易分辨
　　　的方式就是把這個規則背起來：「有」字是外動詞，
　　　主語、賓語必異體。

更多例句：

例 她*有* 很多項鍊。

例 他家*有* 很多房子。

例 國民*有* 納稅的義務。

例 他*沒有* 車。

例 警察*有* 槍。

【「有」字的說明】

第四種用法：句子中有別的「**述語**」，「有」字就是**形容詞**。

例 *有*兩隻魚「**游**」。

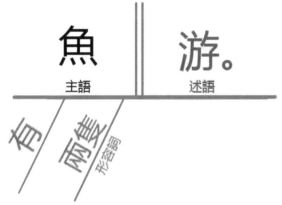

有兩隻魚游。

句子結構分析如下：

魚 ‖ 游。
主語　　述語

有 兩隻 形容詞

重點→ 句子中已經有**述語**了，所以「有」字只能是**形容詞**。
而且是**主語**的**形容詞**。

更多例句：

例 冰箱 *有*蛋糕「**冰著**」。

例 *有*一個馳名世界的科學家到中國「**來**」了。

例 昨天 *有*一樁奇怪的事情「**發生**」。

例 *有*人「**傳說**」這件事，但 *沒有*人「**看見**」過。

例 又 *有*颱風「**形成**」了。

例 早上 *有*地震「**發生**」。

例 旁邊 *有*小朋友「**奔跑**」。

例 這裡 *有*些問題「**要處理**」。

【「有」字的說明】

第五種用法：「有」當同動詞，主語、補足語必同體。

同動詞的用法有三種，全是用來說明主語的情況。

（一）說明主語**包含什麼**。（再分 a.b 兩種）

（二）說明主語的**性質和狀況**。（再分 a.b 兩種）

（三）說明主語的**數量**。

接下來說一項一項說明：

（一）（同動詞）說明主語**包含什麼**。（再分 a.b 兩種）

a. 同體而異部（同一主體，但不同的部位）

例 人*有* 手。

人 有 手。
句子結構分析如下：

重點→「有」請記住這個規則：「有」當同動詞，**主語、補足語必同體**。補足語和**主語**必是「同一物體」，或是同一全體。上例中「人」和「手」是屬於同一主體。

更多例句：

例 花*有* 花粉。

例 葉子*有* 葉脈。

例 房子*有* 窗戶。

例 楊柳*有了* 新葉。

例 這張桌子只*有* 三隻腳。

此項的「有」字，若認為是外動詞亦可，但 b 項必當認為是同動詞。

（接上頁）

b. 集體而分部

（整體由許多個體組成，「有」用來描述不同的類別）

例 人 *有* 男女之別。（整體的分配）

人 有 男 女 之 別。

句子結構分析如下：

人 ‖ 有 ＼ 男女之別。
主語　　述語　　補足語

重點→ 上例中「男、女」都是屬於「人」這個整體，說明主
語「人」可分成兩些類別。

更多例句：

例 學生的成績 *有* 高低之分。

例 鄉下的人，也 *有* 拿錢來買的。（一部分的指出）

例 菊花，*有*紅色的，*有*白色的，*有*黃色的，也 *有*其他雜色的。

　　（多部分的述說）

例 這家的甜品，*有*冷的，也*有*熱的。

例 媽媽的首飾，*有*金的，也*有*銀的。

（二）（同動詞）說明主語的**性質**和**狀況**

a.「有」字說明主語包含什麼性質。

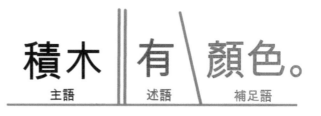

積木有顏色。

句子結構分析如下：

積木 ‖ 有 ＼ 顏色。

主語　　述語　　補足語

重點→「有」字後面帶的補足語是名詞，用來描述主語的**性質或狀態**，

更多例句：

例 他*有了* 年紀，走不動了。

例 這位作家很 *有名*。

例 愛笑的女孩 *有人緣*。

例 孩子見著母親，便開始 *有了說* ，也 *有了笑* 。

例 這件事 *有遺漏的資料* 。

例 那個人雖然 *有* 道德，可是 *沒有* 學問。

例 你若肯來，這事就 *有* 辦法了。

例 這個孩子真 *有* 心。

若把這種「有」字視為外動詞，那所帶的就是賓語。

（接上頁）

b. 合補足語成為「形容語」，在句子中當述語用。

例 她*有發燒* 。

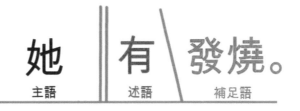

她有發燒。

句子結構分析如下：

她　｜｜有＼發燒。

主語　　述語　　補足語

重點→一樣是用來描述主語的**性質**或**狀態**，但「有」字後面
　　　　帶的補足語是形容詞或動詞，合「有」字為「形容
　　　　語」。

更多例句：

例 這些紅豆麻糬*有* 軟。

例 這顆鑽石*有閃亮*。

例 這本書*有趣*。

例 你的話*有見地*。

例 這個陷阱*有深*。

例 他的動作*有敏捷*。

例 寶寶今天*有開心*。

（三）（同動詞）說明主語的**數量**

例 櫻桃*有* 兩顆。

櫻桃 有 兩顆。

句子結構分析如下：

櫻桃 ‖ 有 ＼ 兩顆。
主語　　述語　　補足語

重點→這種「有」字，主要是用來描述主語的數量。

說明→ 如果句子是「我*有*一千萬。」就不屬於這種用法。因為主語是「我」，不是「我的錢」。一千萬不是用來形容「我」的數量。

更多例句：

例 從黃帝到現在，*有* 四千七百多年。

例 圖書館的藏書*有* 上千本書。

例 頭獎*有* 一千萬。

例 台灣的人口*有* 兩千三百多萬。

例 椅子的高度*有* 四十五公分高。

【總結「有」字的用法】

　　同一動詞，有時是外動詞，有時又是內動詞。中文動詞的類別，是從句子的組織上來決定，隨著使用時的內容意義而有所不同。

 「有」字的用法，以**同動詞**為主。

 「有」字當同動詞，**主語、補足語必同體。**

　　例 花*有* 花粉。

 同動詞的「有」字，用來說明哪三種情況？

　　⑴說明主語包含什麼。

　　⑵說明主語的性質和狀況。

　　⑶說明主語的數量。

 「有」字是外動詞，**主語、賓語必異體。**

　　例 警察*有* 槍。

 若主語有「存在」的意味，「有」字是**內動詞。**

　　例 冰箱裡*有* 飲料。句首常是表示空間或時間的名詞。

 句子中有別的「**述語**」，「有」字在句首，是主語的**形容詞。**

　　例 *有*地震「**發生**」。

【動詞「在」字的說明】 第一種用法：「在」當內動詞

重點→內動詞「在」字帶**空間**或**時間**的名詞，表示所在的空間或時間。

例 箭*在*弦上。

例 我們*在*地球。

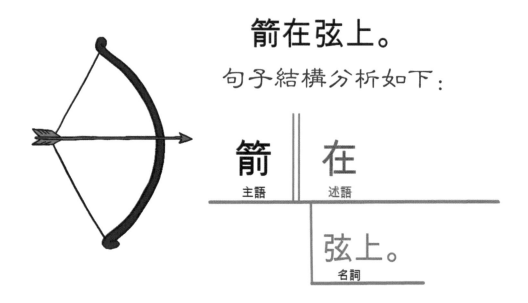

箭在弦上。

句子結構分析如下：

箭（主語） ‖ 在（述語）
　　　　　弦上。（名詞）

這兩個例句，乍看之下，會覺得「在」字後面帶的是賓語，不過這不是賓語，因為它所帶的賓語，實在沒有受到動作的波及。

我們在地球。

句子結構分析如下：

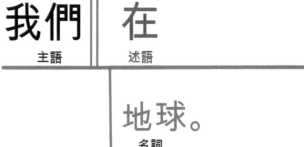

我們（主語） ‖ 在（述語）
　　　　　地球。（名詞）

（接上頁）

重點→內動詞「**在**」字帶**空間**或**時間**的名詞，表示所在的
　　　　空間或時間。

　　更多例句：

　　例 我們*在*遊樂園。

　　例 這場車禍*在*晚上。

　　例 魚*在*水族箱裡。

　　例 桃花的花期*在*春季。

　　例 張教授這個月*在*美國。

我們在遊樂園。

句子結構分析如下：

我們（主語） ‖ 在（述語）

遊樂園。（名詞）

　　內動詞第 10 項（**關係到他物**），與第 13 項（**表示存在**）都有「在」字，也都有『存在』的意味，兩者有何不同呢？

　　如果後面帶*空間*或*時間*的名詞，就是內動詞；如果「在」字和「是」字的作用差不多，帶的就算是「補足語」，是同動詞。

【動詞「在」字的說明】第二種用法：「在」當同動詞

動詞「在」字，和「在於」有時可當作**同動詞**，和「是」表決定的作用差不多，後面帶的算是「*補足語*」，用來補充說明主語。

例 他的錯 *在於*「只考慮自己」。

例 這孩子的優點，*在於*「他肯說 *實話*」。

例 人的價值，*在於*「他遵守諾言」。

例 學習的目的 *在於*「學以致用」。

例 大學之道，*在*「明明德」，*在*「親民」，……

例 人的善惡 *不在於* 他有多少存款。

例 這件事能否成功，關鍵 *在於* 你有沒有決心。

他的錯 在於 只考慮自己。

句子結構分析如下：

他的錯 ‖ 在於 只考慮自己。
主語　　　述語

【動詞「在」字的說明】第三種用法：「在」當外動詞

　　若是「在」、「在於」含有「依靠」「貪戀」的意味，意義又不一樣了，後面帶的是賓語（名詞），「在」字可被視為**外動詞**。

例 專業的表演*在於*練習。

例 謀事*在*人，成事*在*天。

例 辦大事的人*不在乎*這點小利益。

例 有錢人*不在乎*這一點損失。

例 完成任務的關鍵*在於*企圖心。

例 他的成功*在於*他的堅持。

例 一日之計*在於*「晨」。

專業的表演 在於 練習。

句子結構分析如下：

專業的表演	在於	練習
主語	述語	賓語

　　從動詞「有」字和「在」字的說明可以得知：同一個動詞，有時是外動詞，有時是內動詞。中文動詞的分類，是從句子的組織來決定，也隨著使用時的意義而有所不同。

　　不需要死記硬背到底哪個是內動詞？哪個是外動詞？在此列舉出來只是讓你知道，有些動詞有不同的用法。熟悉這些用法有助於你瞭解句子的結構，也更明白句子要表達的意思。

【動詞「做」與「作」的用法說明】

「做」、「作」二字發音相同、字義近似，有時很難確定要用哪個字才對。

一、　「做」與「作」都有「從事、進行」的意思。

我 做 飯。　　她 做 麵包。

若是有具體東西的製造或活動，有著可見的材料。就用「做」，例如做飯、做手工藝、做桌子、做文章、做功課……；

如果是創作的活動或抽象事物的描述，就用「作」，例如作文、作曲、作夢、作畫、作惡多端、自作自受……。

作 夢。　　　作 曲。

（接上頁）

二、　擔任某種職務用「做」，例如做官、做媒、做老師……。

三、　意指「當成」則用「作」，例如作罷、作廢、作對、看作、認賊作父、一鼓作氣……。

做一位畫家　　弟弟和我作對

四、　接在其他動詞後面變成複合動詞時用「作」，例如：製作、振作、動作、做作……。

五、　當作名詞時用「作」，例如著作、工作、作業、經典之作……。

製作糕點　　著作
動詞　　名詞

【動詞「做」與「作」的用法說明】

六、「做」與「作」都通用的：做主、做東、做客、作伴、做陪、作法。

「做為」和「作為」的比較：前者是動詞，後者是名詞。

例句：做為你的同學，我實在看不慣你的作為

七、「做法」和「作法」的比較：前者指處理事情的方法，後者指製作的方法（施行法術亦是用此詞）。

例句：打人是不對的做法。

例句：她示範這件衣服的作法。

這無法涵蓋所有的「做」與「作」的語詞，因為這兩個字發音相同，意思也相近，幾千年來已經互相誤用、混用，現在我們看到的用法，幾乎是日積月累後已定型了的用法。

也可以每到要用「ㄗㄨㄛˋ」時，只要不太確定，就查一回辭典。

（本文來自網路資源，由編者彙整）

副詞

【第二種修飾詞】

修飾詞除了可以修飾名詞，還可以修飾動詞。

例如你看見「一個男孩在跑步」，除非你用修飾詞，不然你無法傳達男孩「跑得很快」，還是「懶散地跑」、「鬼鬼祟祟地跑」或是「跑得很大聲」。

例如「看」的動作，使用修飾詞可以描述出各種不同的「看」。

她 看。
主語　述語

她 下 看。
修飾詞

她 上 看。
修飾詞

用修飾詞來修飾「走」：

快步地走
修飾詞

緩慢地走
修飾詞

悄悄地走
修飾詞

快步地走
修飾詞

修飾詞可以用來描述動作：

她 很生氣地 回答。

她唱得 很開心。

他 愉快地 騎著自行車。

修飾詞可以用來描述時間：

他們 昨晚 跳舞。

爸爸 很快地 回到家。

這輛公車來 晚了。

修飾詞可以用來描述方位：

大江 東 去。

請往 旁邊 移一步。

我 前頭 走，狗 後頭 跟著。

修飾詞可以修飾「形容詞」

這是 非常 大的 一棵樹。
　　　　修飾詞　　形容詞

修飾詞幫助你正確地表達你想說或想寫的事，**修飾詞**也可以修飾其他的修飾詞。沒有修飾詞，溝通將會很乏味。

正常的 音量
形容詞

非常 大聲的 音量。
修飾詞　　　形容詞

【副詞】

除了形容詞之外，另一種修飾詞稱為「**副詞**」。

用來修飾人、事、物的動作、形態、性質等的詞叫做**副詞**。

動作：揮手　　　　　動作：投籃

快速 揮手
副詞

精準 投籃
副詞

【動作】ㄉㄨㄥˋ　ㄗㄨㄛˋ：行為舉止。例她做了一個「搧風」的動作。

【形態】ㄒㄧㄥˊ　ㄊㄞˋ：
　　事物的表現形式。例水有三種型態：固態、液態、氣態。

【性質】ㄒㄧㄥˋ　ㄓˊ：事物的本性與特質。例不誠實其實就具有說謊的性質。

形態：高興

孩子們 高興。
　主語　　　述語

孩子們非常高興。
　主語　　　副詞　述語

形態：平穩

她 站。
主語　述語

她 站 得 平穩。
主語　述語　　副詞

她 站 得 十分 平穩。
主語　述語　　副詞　副詞

性質：**木頭具有 燃燒 特質。**

木頭 燃燒 。
主語　　　述語

木頭 猛烈地 燃燒 。
主語　　　副詞　　　述語

木頭 非常 容易 燃燒 。
主語　　副詞　　副詞　　述語

性質：**檸檬的特質是酸的 。**

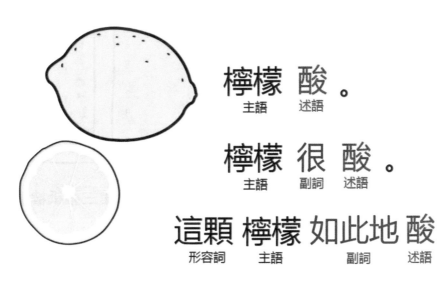

檸檬 酸 。
主語　　　述語

檸檬 很 酸 。
主語　　副詞　述語

這顆 檸檬 如此地 酸 。
形容詞　　主語　　　副詞　　述語

【什麼是副詞？】

　　副詞是一種修飾詞，也有人稱為限制詞，因為也可以說它具有限制的作用。

「修飾」是什麼意思？修飾是整理裝飾。

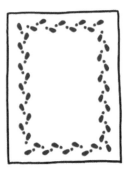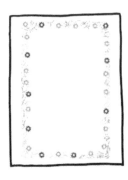

在第一張白紙上，裝飾不同的花樣，白紙就會變成不同的面貌。
這就是「修飾」的意思。

「限制」的意思是在一定的範圍內，不許超過。

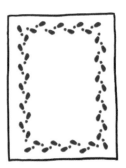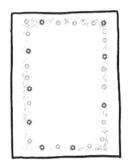

你也可以說，第二張紙被限制成「腳印圖樣」。第三張紙被限制成
「花朵圖樣」。第四張紙被限制成「樹葉圖樣」。

　　副詞在句子中是屬於附加成分，它不是句子的骨幹，因為它不能當作主語或述語。

　　修飾詞有兩種，一種是形容詞，用來修飾名詞或代名詞。另一種修飾詞是副詞，用來修飾動詞、形容詞或副詞。

　　也就是說，除了形容詞之外，其他所有用來修飾的詞、語、子句都是副詞。副詞也可以用來修飾一個完整的句子。例如：

例 你還要買**別的****什麼****東西嗎**？（ 別的 修飾形容詞「什麼」）
　　　　　述語　副詞　疑問形容詞

例 **樹葉** 很 快 地 **掉**光了。（ 很 修飾「快」，快 修飾動詞「掉」）
　　　　　副詞 副詞 述語

例 甚至**小孩也能****操作**。（ 甚至 修飾整句話「小孩也能操作」。
　　副詞　名詞　　　　述語

例 幸而**他沒有死**。（ 幸而 修飾整句話「他沒有死」）
　　副詞　　　述語

例 這時候，**怎麼會有這種事呢**？
　　副詞　　　　　　述語

（ 這時候 修飾整句話「怎麼會有這種事」，而不是動詞「有」）

【「副詞」常帶語尾「地」字】

　　多數**副詞**的後面，因為要表現出**副詞**的職權，常帶一個語尾「地」字。

　　有語言學家認為「的」字的兼職太多，主張把「的、地、得」等字嚴格分工。所以「的」字有修飾作用時，在形容詞語尾用「的」字，在副詞語尾用「地」字。例如：「活潑潑地」、「特地」、「忽地」皆是副詞。

　　有些字典會說副詞語尾「的」字與「地」相通，在此特別說明如下：

【地】：發音・ㄉㄜ，也念 ㄉㄧˋ

解釋：置於副詞之後。同「的」。例慢慢地吃、好好地玩

重點→ 一切的修飾詞、語或句，若附在述語前，常添加「**地**」字來修飾述語。

例 奮發有為**地**在世上做人，不要糊塗懶散**地**混日子。
　　修飾詞　　　　　　述語　　　　　修飾詞　　　述語

重點→ 若附在述語後，可使用「**得**」字做語頭，去修飾述語。

例 這首歌詞做 **得** 很不錯，唱 **得** 更好聽。
　　　　　述語　修飾語　述語　修飾語

(很、不、錯、更、好、聽，這幾個都是單詞，幾個詞連用就是「語」)。

【忽地】ㄏㄨ　ㄉㄧˋ：突然的、迅速的。例小明忽地大叫一聲，滑倒在地。

【如何使用「的」、「得」、「地」？】

「的」、「得」、「地」，這三個詞，讀音相近，到底該如何使用才對？

重點→ 有一個很粗略的規則：

「的」字用在名詞前面，

「得」字用在動詞後面，

「地」字用在動詞前面。

「的」字的常見用法：

1. 置於名詞或代名詞之後，表示所屬的關係。
   例如：「我的」、「她的」、「阿公家的」、「學校的」。

   我的書、她的襪子、阿公家的房子、學校的籃球場…，這種用法表示出「的」字後面的名詞是屬於前面的名詞或代名詞的。

我 的 貓
　　　名詞

「的」字後面接名詞。

「的」字的常見用法：

2. 置於形容詞之後，是形容詞尾。

如 ：「美麗的女孩 」、「高大的男人」、「快樂的小孩」。

「的」字是形容詞尾，美麗、高大、快樂⋯，本來是形容詞，有加「的」字或沒加「的」字都可以。

另一種是加「的」字把前面的詞性變成變成形容詞。

如：「哭泣的表情」、「安慰的聲音」、「枯萎的花朵」⋯。哭泣、安慰、枯萎本來是動詞，但加了「的」字後，變成形容詞來形容後面的名詞。

3. 「的」字當代名詞用。

如：「賣菜的人」、「賣魚的老婆婆」、「穿紅色衣服的女孩」，可以省略後面的名詞變成：「賣菜的」、「賣魚的」、「穿紅色衣服的」。「的」字直接用來代替後面的名詞。（更多資料請參考上冊的【聯接代名詞】部分）

4. 句尾助詞，置於句尾，表示肯定、同意或加強的語氣。

如：「是的」、「好的」、「我是對的」、「這樣做是不可以的」、「他不是這樣講的」。

5. 其他用法：做為名詞如「標的」、「目的」，或者做為形容詞。

例如：「目地的」、「的確」等。

「得」字的常見用法：

1. 「得」字當動詞用，音ㄉㄜˊ。

　　a.有「獲、取」之意。與「失」相對而言。如：「得手」、「得利」、「得來不易」

　　b.有「契合、適宜」之意。如：「得體」、「得法」、「得當」。

　　c.有「遇、達到」之意。如：「得暇」、「得閒」、「得空」。

　　d.有「快意、滿足」之意。如：「得意」、「怡然自得」。

　　e.演算產生結果。如：「三三得九」、「負負得正」。

貓　跑　得　快！
　主語　述語

「得」字在述語之後。

2. 用於談話終了之時，表示「反對、禁止或同意」，此種用法多半用在制止他人。如：「得了，別再說了。」、「得，就這麼辦。」

「得」字的常見用法：

3. 「得」字當助動詞用，放在動詞前面，音ㄉㄜˊ。表示「可以、應該」。

   如：「不得抽菸！」、「所有員工均得摸彩」、「符合條件者，得優先錄取」。

4. 「得」字當助動詞用，放在動詞後面，音ㄉㄜˊ。表示「可能、能夠」之意。

   如：「生冷的東西吃不得。」「你還走得嗎？」「我已經走不得了。」

5. 「得」字當助動詞用，放在動詞前面，音ㄉㄟˇ。表示「需要、應該、必須」。

   如：「我得考慮一下」、「這麼晚了，我得回家了」、「他總得把事情做完吧」。

6. 放在動詞後，表示結果或程度。

   如：「跑得快」、「吃得多」、「美得冒泡」、「雨下得真大」、「唱得真好聽」。

她跑**得**快，跳**得**高！
動詞　　　　　動詞

「地」字的常見用法：

這隻貓　直立地　站著。
　　主語　　　　　　述語

「地」字用在動詞(述語)之前。

1. 副詞尾，表示某種狀態「的樣子」。
　如：「靜悄悄地」。

2. 同「的」，現在普遍寫成「地」字，後面接動詞，所以是副詞尾。
　如：「慢慢地吃」、「好好地玩」、「雨勢漸漸地小了」

任何的修飾詞、語、句，只要是用來修飾「述語」的，都可以添加「地」字。

冷得發抖
　　述語

3. 「地」字當名詞，人類和動植物棲息的場所、位置。
　如：「大地」、「地位」、「土地」。

【副詞有六種類型】

中文能很精準地表達出想法，當然具備了許多的「副詞」。

重點→ 凡是對於人、事、物的動作、形態、性質等，再加以區別或限制的，叫做副詞。

重點→ 凡是只能表示程度、時間、範圍、可能性、否定作用等，而不能單獨稱呼實際物體、實際情況、或事實的，叫做副詞。

在這個單元，我們列出了許多常見的副詞。你也許能想出更多的副詞。

容易混淆的副詞在該頁下方有提供解釋。如果你遇到不熟悉的副詞，請一定要弄懂它之後再繼續。

(1) **時間副詞，** 表動作的時間，或緩急、長久或短暫。

(2) **地方副詞，** 表動作的方位，遠、近、高或低。

(3) **性態副詞，** 描寫動作或某種情況的性質、狀態。

(4) **數量副詞，** 表明動作的次數、範圍或某種情況的程度。

(5) **否定副詞，** 用來否定實體詞以外的一切詞類。

(6) **疑問副詞，** 用來詢問關於動作或情況的時數、原因等。

【第一種，時間副詞】

用來區別動作的先後、時間長短、緩急，或動作的持續或反覆。

時間副詞通常用來修飾動詞，但也有用來修飾形容詞的。在中文裡，時間副詞大半用用在句首。（英文則大半用在句末）

時間副詞可分成過去式、現在式、未來式、不定時四種。

例　樹葉　掉　光了。
　　主語　　述語

加了時間副詞後，

例　樹葉　快速地　掉　光了。
　　主語　　副詞　　述語

例　樹葉　漸漸地　掉　光了。
　　主語　　副詞　　述語

例　樹葉　已經　　掉　光了。
　　主語　　副詞　　述語

你覺得這些句子意思一樣嗎？

同樣的主語和述語，加了時間副詞後，可以精確地說明動作是如何完成的。

「時間副詞」是從「時間流」中區別某個動作的時間界限，或動作持續的時間，或表示動作在時間上的反復。

時間副詞（1）過去式　從最遠到最近的

（下圖可概略顯示出副詞的使用時間）

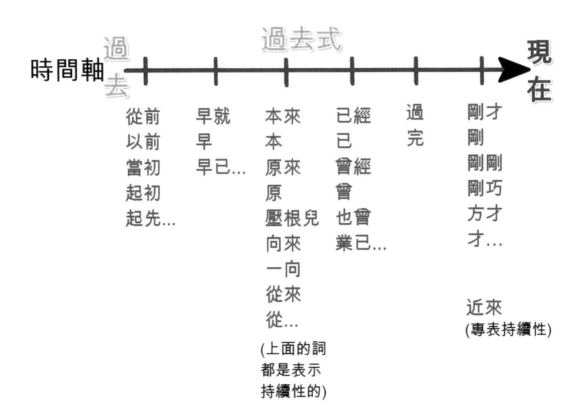

重點→ 國語中動詞的『時態』變化，全靠『時間副詞』和
　　　「助動詞」的加入，交錯夾雜的活用。

時間副詞⑴過去式

從前、以前、當初、起初、起先…（下頁繼續）

例 *從前*大家都喜歡打籃球。

例 *從前*他是個有名的歌手。

例 *以前*她常來這裡借書。

例 *以前* 那裡有一棵大樹。

例 *當初* 打算在這裡蓋大樓。

例 早知如此，*當初* 不該讓他出國。

例 *起初*他不懂得珍惜父母的關心。

例 *起初*沒人注意到小孩不見了。

例 *起先*是一場誤會，現在說明白了。

例 *起先* 我不喜歡吃紅蘿蔔，現在我很常吃紅蘿蔔。

【從前】 ㄘㄨㄥˊ ㄑㄧㄢˊ：以前、過去。例從前這裡有一家電影院。

【以前】 ㄧˇ ㄑㄧㄢˊ：
　　1.從前。例以前他是一個不擅言詞的人。
　　2.在特定的某時間或事件之前。例他說三點以前會到這裡。

【當初】 ㄉㄤ ㄔㄨ：起初、原先。例我們當初打算在這兒蓋一座大樓。

【起初】 ㄑㄧˇ ㄔㄨ：最初，剛開始的時候。例起初我並不同意他的做法。

【起先】 ㄑㄧˇ ㄒㄧㄢ：
　　最初，剛開始的時候。例換了新環境，起先很不習慣，後來才適應。

時間副詞（1）過去式

早就、（早、早已）…（下頁繼續）

例 我*早就*穿了救生衣。

例 我*早就*吃過早餐了。

例 戰爭到了中途，利與害*早就*不管了。

例 我*早就*把這篇文章背得滾瓜爛熟了。

例 他*早*結婚了，不用幫他介紹女朋友。

例 我*早*起床了，還買了早餐回來。

例 等你送飯來，我*早已*餓昏了。

例 媽媽*早已*習慣他的健忘，先幫他準備好隨身行李了。

我早就穿了救生衣。

句子結構分析如下：

我	穿了	救生衣。
主語	述語	賓語

早就（副詞）

【早就】 ㄗㄠˇㄐㄧㄡˋ：
以前就已經發生、出現。例我早就說你這個主意不好，果然失敗了。

【早已】 ㄗㄠˇㄧˇ：以前就已經（發生、出現）。例她早就過了退休的年齡。

（接上頁）

本來、*本*、*原來*、*原*、*壓根兒*…（都是表持續性的）（下頁繼續）

例 *本來* 他就沒有懂得。

例 他們*本來*就應該重視品質。

例 我的*本*意是想幫你省錢，結果卻讓你花更多錢。

例 我*本*想一個人吃掉這整盒餅乾。

例 這房間的擺設比*原來* 好看太多了。

例 這棟房子*原來* 是我的，現在賣掉了。

例 他們*原*是青梅竹馬的戀人。

例 我*原*以為今天會放颱風假。

例 她*壓根兒*就沒出現。

例 我*壓根兒*就沒記住這件事。

他本來要剪書。

句子結構分析如下：

他	要剪	書。
主語	述語	賓語

本來 副詞

【本來】ㄅㄣˇ ㄌㄞˊ：原來、原先。例本來我打算去爬山。

【本】ㄅㄣˇ：起初的、原來的。例本性難移

【原來】ㄩㄢˊ ㄌㄞˊ：本來；起初。 例我們原來就打算開車去。

【壓根兒】ㄧㄚ ㄍㄣ ㄦ：
　　根本。例他全忘了，好像壓根兒沒這回事。

時間副詞 (1) 過去式

(接上頁) *向來、一向、從來、從…*（都是表持續性的）

例 弟弟*向來* 不喜歡吃甜食。

例 他*向來*缺乏自信與果決。

例 這裡的居民對遊客*一向*十分熱情。

例 媽媽*一向*很好客。

例 我*從來*不覺得女人就是弱者。

例 他*從來*不把功課放在心上。

例 張先生*從*不在睡前吃東西。

例 他*從*不聽別人的意見。

例 他*從*不吃魚。

他從不吃魚。

句子結構分析如下：

他	吃	魚。
主語	述語	賓語

從來 不 副詞

【向來】ㄒㄧㄤˋ ㄌㄞˊ：一向、從來。例 哥哥向來不喜歡昆蟲。

【一向】ㄧ ㄒㄧㄤˋ：
　　從來、一直。例 多年來他一向都有晨跑的習慣。

【從來】ㄘㄨㄥˊ ㄌㄞˊ：
　　從以前到現在。例 他非常節儉，從不亂花錢。

（接上頁）

已經、已、曾經、曾、也曾、業已…

例 舊時代*已經* 過去了。

例 颱風*已經* 離開了。

例 我*已*無計可施了，才來拜託你。

例 我們*已* 想到解決辦法了。

例 他*曾經* 到過日月潭玩。

例 這片田地*曾經* 開滿了向日葵。

例 那位演員*曾* 紅過一陣子。

例 這家店*曾* 座無虛席。

例 我們*也曾* 共享歡樂時光。

例 這個品牌*也曾* 紅極一時。

例 當我到達時，他*業已* 離開了。

例 生鮮超市*業已* 取代傳統菜市場。

【已經】ㄧˇ　ㄐㄧㄥ：
　　表示動作、狀況、事情在某時間之前完成了。例院子裡的玫瑰花已經開了。

【曾經】ㄘㄥˊ　ㄐㄧㄥ：
　　表示以前有過的行為或情況的副詞。例我們曾經是同學。

【也曾】ㄧㄝˇㄘㄥˊ：曾經。例父母也曾是小孩。

【業已】ㄧㄝˋ　ㄧˇ：已經。例這家店業已有五十年的歷史。

時間副詞⑴過去式

過、*完*（只可用在述語後。"完"專門指事情，不是指時間）

例 我坐*過*飛機。

例 你有聽*過*這首歌嗎？

例 大雨*過*後，有些地方便淹水了。

例 我*也曾* 使*過*眼色，也*曾* 遞*過*暗號。

例 功課*業已* 做*完*了。

例 這點小事一下子就辦*完*了。

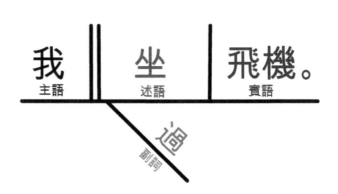

我坐過飛機。

句子結構分析如下：

我	坐	飛機。
主語	述語	賓語

過
副詞

【過】ㄍㄨㄛˋ：表示完畢或某種行為曾經發生。例 我吃過午飯了。

（接上頁）

　剛才、*剛*、*剛剛*、*方才*、*才*…（以上皆表示現在之開始）

　近來（專門指時間的持續性）

　例 天*剛* 亮，媽媽就起床了。

　例 我*剛才* 聽到一聲尖叫。

　例 他*方才*和同學約好了，星期天一起溫習功課。

　例 呆了一會兒，我*才*會意過來。

　註：*方才*、*才*這兩詞，可兼作連詞。

弟弟剛剛跌倒了。

句子結構分析如下：

弟弟	跌倒了。
主語	述語

剛剛

【剛才】ㄍㄤ ㄘㄞˊ：不久以前；剛過去不久的時間。

【剛剛】ㄍㄤ ㄍㄤ：方才（事情發生在說話前不久的時間）。

【方才】ㄈㄤ ㄘㄞˊ：剛剛、剛才。

【近來】ㄐㄧㄣˋ ㄌㄞˊ：最近這些日子。

時間副詞 (2) 現在式

（下圖可概略顯示出副詞的時間）

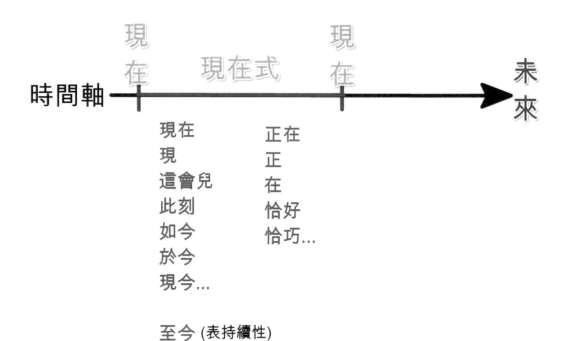

時間副詞（2）現在式

現在、現、這會兒、此刻、如今、於今、現今…

至今（表持續性）

例 我*現在* 很忙，沒空招呼你。

例 他*現在* 去廁所了。

例 饅頭還得*現* 蒸，小菜也得*現* 買。

例 我*這會兒* 走不開，你自己叫計程車。

例 *這會兒* 應該上課了。

例 *此刻* 居然停水了。

例 他*此刻* 還在賴床呢！

例 經過十年奮鬥，*如今* 他已經是大企業家了。

例 這城市建設得很快，*於今* 已看不出原來的面貌。

例 這種樣式*現今* 不流行了。

例 他*至今* 還沒有懂得父母的苦心。

例 他*至今* 沒有談過戀愛。

【現在】 ㄒㄧㄢˋ ㄗㄞˋ：現今、眼前。例現在開始下雨了。

【這會兒】ㄓㄜˋ ㄏㄨㄟˇㄦ：
現在或這個時候。例這會兒人都走光了。

【此刻】ㄘˇ ㄎㄜˋ： 現在。例孩子們此刻正在睡午覺。

【如今】ㄖㄨˊ ㄐㄧㄣ：此時、現在。例如今他已經是校長了。

【現今】ㄒㄧㄢˋ ㄐㄧㄣ：
目前、當前。例現今的年輕人喜歡西式甜點。

【至今】ㄓˋ ㄐㄧㄣ：直到現在。例你送的禮物我至今還留著。

時間副詞 (2) 現在式

正在、正、在、恰好、恰巧…

例 師傅 *正在* 做麵包。

例 他 *正在* 遲疑,電話就打來了。

例 我 *正* 要打電話給你。

例 你來得 *恰好* ,我正要去找你呢!

例 我正要去找你,沒料到 *恰巧* 遇上。

例 他有時 *在* 砍伐林樹,有時 *在* 開墾山岩。

例 他若還 *在* 喝酒,你就留意看看。

(以上兩例,都帶 "在那兒" 的意思,兼作地位副詞)

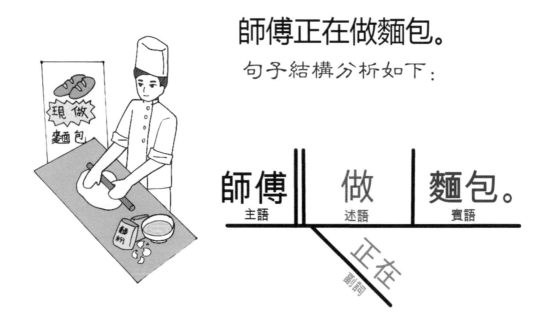

師傅正在做麵包。

句子結構分析如下:

師傅 做 麵包。
主語 述語 實語
正在
副詞

【正在】 ㄓㄥˋ ㄗㄞˋ:
  剛好位於某個地點或恰好在進行某種活動。例 奶奶正在休息,別吵醒她。

【恰好】 ㄑㄧㄚˋ ㄏㄠˇ:剛好、正好。例 他恰好遇上塞車,就遲到了。

【恰巧】 ㄑㄧㄚˋ ㄑㄧㄠˇ:恰好、碰巧。例 我倆恰巧都有空,一起去逛街吧!

時間副詞 (3) 未來式　從最近到最遠的

（下圖可概略顯示出副詞的時間）

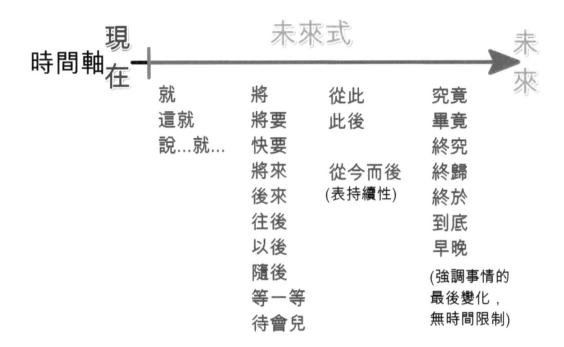

時間副詞(3) 未來式

就、這就、說…就…

例 先生！我 *這就* 去。

例 好的。我 *這就* 來。

例 我 *就*〔要〕走了。

例 *說*定 *就*定，*說*做 *就*做，*說*成 *就*成。

將要、快要、待會兒…

例 他 *將要*摔倒。

例 春天 *將要*來了，天氣 *將要*變暖。

例 火車 *快要*開了，趕快上車吧！

例 手機 *快要*沒電了。

例 *待會兒*我們要去吃火鍋，你要一起來嗎？

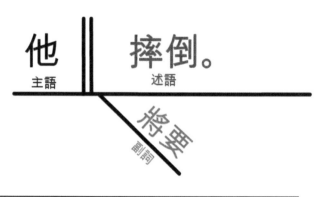

他將要摔倒。
句子結構分析如下：

他　　摔倒。
主語　　述語

將要
副詞

【就】ㄐㄧㄡˋ：
　即刻、馬上。表示事情或動作緊接著發生。例她找到小孩就安心了。

【將要】ㄐㄧㄤ　ㄧㄠˋ：即將、快要。例這瓶牛奶將要過期了，要趕快喝掉。

（接上頁）

將來、後來、往後、以後、隨後、等一等…

例 我和他*將來*沒有交集，*以後*不用再提。

例 *將來*或許有人發明長生不老藥。

例 起初他不適應這裡的氣候，*後來*慢慢適應了。

例 大家都是同一個團體的人，*往後*一定要齊心協力。

例 我*以後*不再貪吃了。

例 我們*隨後*再繼續這個話題。

例 我們鼓勵孩子發現問題，*隨後*練習解決問題。

例 裡面太多人了，我*等一等*再進去。

將來我要開一家店。

句子結構分析如下：

我	要開	店。
主語	述語	賓語

將來（副詞）　一家（形容詞）

【將來】ㄐㄧㄤ　ㄌㄞˊ：未來，尚未到的時間。例 草率結婚將來定會後悔。

【往後】ㄨㄤˇ　ㄏㄡˋ：
　　從今以後。例 學習新的語言，只要打好基礎，往後就容易多了。

【以後】ㄧˇ　ㄏㄡˋ：在特定的某時間或事件之後。例 她找到小孩就安心了。

【隨後】ㄙㄨㄟˊ　ㄏㄡˋ：
　　表示緊接著前述的情況、行動之後。例 你們先去，我隨後就到。

時間副詞（3） 未來式

從此、此後、從此而後…（專表持續性）

例 *從此* 他不喜歡狗。

例 *從此* 她喜歡釣魚。

例 *從此* 我們只談公事，不談私事。

例 願你*從此*步步高昇，一帆風順。

例 *此後*當奮發圖強，力爭上游。

例 *此後*他再也不相信算命先生的胡說八道了。

例 *從此而後*，再也沒有人看不起他。

例 *從此而後*，室內禁止吸菸。

從此他不喜歡狗。

句子結構分析如下：

他（主語）｜喜歡（述語）｜狗。（賓語）

從此（副詞） 不

【從此】ㄘㄨㄥˊ ㄘˇ：從這個時候起。例從此我就再也沒有聽到他的消息。

【此後】ㄘˇ ㄏㄡˋ：從此以後。例他當年決心戒賭，此後果然再也沒賭過。

時間副詞⑶ 未來式

究竟、畢竟、終究、終歸（下頁繼續）

（重在表示事情最後的變化，沒有時間限制）

例 你***究竟*** 走了多遠，才發現拿錯東西。

例 你***究竟*** 吃不吃飯？

例 你***究竟*** 是人是鬼？

例 偷竊***畢竟*** 是不對的。

例 關於這件事，贊成的人***畢竟*** 是少數。

例 想不管他，***終究*** 還是忍不下心。

例 他***終究*** 還是達成目標了。

例 犯罪的人***終歸*** 會受到法律的懲罰。

例 壞事做盡***終歸*** 會敗露。

偷竊畢竟是不對的。

句子結構分析如下：

偷竊 ‖ 是 ＼ 不對的。

主語　　述語　　補足語

畢竟 副詞

【究竟】ㄐㄧㄡˋ　ㄐㄧㄥˋ：到底、終於。例 你究竟喜歡哪一件衣服？

【畢竟】ㄅㄧˋ　ㄐㄧㄥˋ：終歸、到底。例 人和動物畢竟不同。

【終究】ㄓㄨㄥ　ㄐㄧㄡˋ：到底、畢竟。例 他終究是你唯一的兒子。

【終歸】ㄓㄨㄥ　ㄍㄨㄟ：到底、畢竟。例 凡事只要努力不懈，終歸會成功。

時間副詞（3） 未來式

（接上頁 *終於*、*到底*、*早晚*…

（重在表示事情最後的變化，沒有時間限制）

例 我 *終於* 去到動物園。

例 你 *終於* 發現了。

例 我 *終於* 看懂這句話的意思。

例 這件事 *到底* 是誰做的？

例 *到底* 有多少人受傷？

例 你 *到底* 戒菸了沒有？

例 你這麼不愛惜它 *早晚* 會壞掉。

例 你不吃飯 *早晚* 會餓。

我終於去到動物園

句子結構分析如下：

我	去	動物園。
主語	述語	賓語

終於　到

【終於】ㄓㄨㄥ ㄩˊ：
最後、總算。表示所預料或期望的情況最後還是發生了。例 經過多次試驗，這次終於成功了。

【到底】ㄉㄠˋ ㄉㄧˇ：
經過較長的過程最後出現某種結果。例 這傢伙到底是從哪裡來的？

【早晚】ㄗㄠˇ ㄨㄢˇ：遲早。例 你這樣開車，早晚死於非命。

時間副詞　(4) 不定時　用於過去、現在、未來三個時間。

時間軸　過去　現在　未來

從動作的性態與時間的關係上，可再分為六項：

1. 表綿延
2. 表匆促
3. 表急進
4. 表漸進
5. 表突然
6. 表偶發

【綿延】ㄇㄧㄢˊ ㄧㄢˊ：連續延長。例這片森林綿延三萬公尺。

【匆促】ㄘㄨㄥ ㄘㄨˋ：匆忙、倉促。例他匆促地做了一個決定。

【急進】ㄐㄧˊ ㄐㄧㄣˋ：急速前進。例大軍往東南方向急進。

【漸進】ㄐㄧㄢˋ ㄐㄧㄣˋ：
　　逐步的前進或發展。例學習要按部就班，循序漸進。

【突然】ㄊㄨˊ ㄖㄢˊ：
　　形容情況緊急且出人意外。例電燈突然滅了，四周一片漆黑。

【偶發】ㄡˇ ㄈㄚ：偶然發生。例買保險是為了避免偶發的意外事故。

【時間副詞（4）不定時】1.**表綿延：**

常常、常、時常、時時、隨時…

例 我們*常常*下棋。

例 他*常常* 在夜晚時候思念家人。

例 老人家*常常* 半夜醒來。

例 小明*常*請假。

例 這孩子*常*感冒。

例 他*時常* 因為睡過頭而遲到。

例 爺爺*時常* 去公園找人下棋。

例 小的*隨時* 聽候差遣。

例 電子溫度計能*隨時* 顯示溫度的變化。

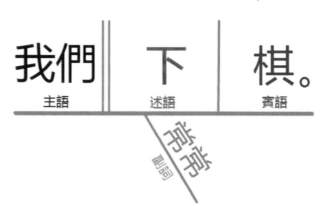

【常常】ㄔㄤˊ ㄔㄤˊ：經常、時常。例這片森林綿延三萬公尺。

【時時】ㄕˊ ㄕˊ：常常、經常。例這片森林綿延三萬公尺。

（接上頁）

平常…

例 他 *平常* 很少請假。

例 這隻狗 *平常* 不亂叫。

例 這位上校和 *平常* 一樣嚴肅。

永遠、長久、始終、老、直…

例 為什麼你 *永遠* 不寫信給我？

例 媽媽好像 *永遠* 不會累！

例 由於 *長久* 不下雨，河水枯竭了！

例 生命的意義在於充實，而不是活得 *長久*。

例 他 *始終* 是一個長不大的孩子。

例 我 *老* 不放心你一個人。

例 你別 *老* 嚇我。

例 嚇得我 *直* 哆嗦。

例 這個冬天冷得我 *直* 發抖。

【平常】ㄆㄧㄥˊ ㄔㄤˊ：平日、平時。例 你平常都走路上學嗎？

【永遠】ㄩㄥˇ ㄩㄢˇ：永久、恆久。例 我永遠記得你。

【始終】ㄕˇ ㄓㄨㄥ：
　　1. 從開始到結束。例 他無論做人處事，始終與人為善。
　　2. 終究、還是。例 我們等了他半天，他始終沒來。

【老】ㄌㄠˇ：總是、常常。例 凡事想想自己，別老挑人毛病。

【直】ㄓˊ：連續不斷的。例 他的話讓我一直笑不停。

【時間副詞（4)不定時】2.**表匆促：**

時間軸━━━━━━━━━━━━━━　一天的時間

　　　　　　　　　　　　　━　一會兒的時間

不久、一會兒、一時…

例 火車**不久**『就』要開了。（未來式）

例 你剛走**不久**，他就回來了。

例 他**一會兒**『就』來。（未來式）

例 我『此刻』還「可以」等他**一會兒**。（現在的未來式）

例 我『恰好』看「了」**一會兒**。（現在的過去式）。

例 他『已經』去「了」**一會兒**了。（過去式）。

例 我**一時**糊塗，把他的秘密說出去。

───────────────────────────────

【不久】ㄅㄨˋ　ㄐㄧㄡˇ：短暫的時間。例他躺到床上不久就睡著了。

【一會兒】ㄧ　ㄏㄨㄟˋㄦ：片刻，短暫時間。例他沉默了一會兒才回答。

【一時】ㄧ　ㄕˊ：
　1.一段時期。例葡式蛋塔曾風靡一時。
　2.暫時、短時間內。例這個東西一時還用不著，先擱一旁吧！
　3.突然、臨時。例我一時興起，買了一大堆零食。

（接上頁）

即刻、立刻、立即、隨即、當下…

例 我們聽到消息，*即刻* 趕過來。

例 你等我一下，我*即刻* 就到。

例 這件事你*立刻* 去辦。

例 軍隊接到命令，*立即* 出發。

例 *隨即* 每桌擺上八九個碗。

例 新郎新娘一出現，人們*隨即* 開始鼓掌。

例 *當下* 叫守衛趕他出去。

例 我*當下* 決定要*立刻*回家。

我立刻搗起耳朵。

句子結構分析如下：

我	搗起	耳朵。
主語	述語	賓語

立刻（副詞）

【即刻】ㄐㄧˊ ㄎㄜˋ：
　　立刻、馬上。例一放假，她就恨不得即刻回家與家人團聚。

【立即】ㄌㄧˋ ㄐㄧˊ：立刻、即時。例顧客立即付了訂金。

【隨即】ㄙㄨㄟˊ ㄐㄧˊ：
　　馬上、緊接著。例天空烏雲密布，隨即刮起了強風。

【當下】ㄉㄤ ㄒㄧㄚˋ：即刻、立刻。例她見情況不妙，當下轉身就跑。

【時間副詞（4）不定時】2.**表匆促：**

臨時

例 *臨時* 抱佛腳。
例 我*臨時* 有事，要先離開。

暫且、*暫時*、*姑且*…（表「短促」，無「匆促」意）

例 你*暫且* 不要理他們。
例 我*暫且* 聽你說。
例 我*暫時* 不想理你。
例 他*暫時* 代理店長的職務。
例 我們*姑且* 試試這個方法！
例 我*姑且* 相信你一次。
例 聽到熟悉的腳步聲，我*姑且* 放下心，是爸爸來了。

【臨時】ㄌㄧㄣˊ ㄕˊ：
　　1. 表示到了事情發生的時候。例他臨時有事，不能來參加這個聚會。
　　2. 短時間的、暫時的。例臨時工、臨時雇員、臨時演員

【姑且】ㄍㄨ ㄑㄧㄝˇ：暫時；暫且。例我姑且給你一次改過的機會。

【時間副詞（4）不定時】3.表急進：

快、快快地、快快、快點、快些、趕緊、趕快…

例 冰淇淋*快* 融化了。

例 太陽*快* 下山了。

例 天*快* 亮了。

例 學生*快快地* 跑回教室。

例 你*快點* 去睡覺。

例 公車*快些* 來吧。

例 你*趕緊* 回家吧。

例 *快* 下雨了，你*趕快*收衣服。

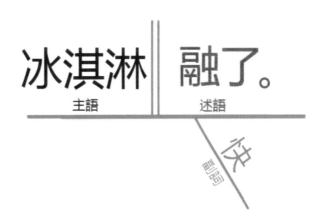

冰淇淋快融了。

句子結構分析如下：

冰淇淋 ‖ 融了。

主語　　　述語

快
副詞

【快】ㄎㄨㄞˋ：

1. 速度迅捷的。與「慢」相對。例 快車、快速、眼明手快

2. 趕緊。例 這裡很危險，你快離開吧！

3. 將要、就要。例 我快畢業了！

【趕緊】ㄍㄢˇ　ㄐㄧㄣˇ：表示馬上行動，毫不拖延。例 他們趕緊送他去醫院。

【時間副詞⑷不定時】4.表漸進：

慢慢地、慢、慢慢、慢點、慢些、漸漸地、緩慢地、從容…

例 蝸牛*慢慢地*爬，馬兒也*慢慢*行。

例 您請*慢*走。

例 喝*慢點*，別嗆到了。

例 天氣*漸漸地*轉涼了。

例 天氣*漸漸*熱了。

例 他*緩慢地*站起來。

例 這一組的人*從容*走上表演台。

例 他牽著牛，*從容*走在路上。

天氣漸漸熱了。

句子結構分析如下：

天氣	熱了。
主語	述語

〔漸漸〕副詞

【慢】ㄇㄢˋ：
　　1.速度低緩的。與「快」相對。例 他的動作很慢。
　　2.稍緩。例 且慢生氣，先聽聽他怎麼說。

【漸漸】ㄐㄧㄢˋ ㄐㄧㄢˋ：表示程度、數量等的逐步增減。例 天漸漸黑了。

【從容】ㄘㄨㄥ ㄖㄨㄥˊ：
　　舒緩悠閒、不慌不忙的樣子。例 他從容地看了一下四周。

【時間副詞 (4)不定時】5.**表突然**：

忽然、突然、猛然、猛、冷不防、乍…

例 他*忽然*看了我一眼。

例 東西*忽然*掉下去。

例 我*突然*想打電話給他。

例 我的胃*突然*感覺一陣劇痛。

例 司機*猛然*踩煞車。

例 他*猛然*想起一件事。

例 他*冷不防*從身後出現。

例 這個小孩*冷不防*哭了起來。

例 *乍*看是蟑螂，結果是甲蟲。

例 我初來*乍*到，諸事不熟，請多指教。

【忽然】ㄏㄨ ㄖㄢˊ：
突然。例忽然間烏雲密布，接著就下起雨來。

【突然】ㄊㄨˊ ㄖㄢˊ：
形容情況緊急且出人意外。例他突然站了起來。

【猛然】ㄇㄥˇ ㄖㄢˊ：突然。例他猛然想起瓦斯爐忘了關。

【猛】ㄇㄥˇ：
1.急遽、急速。例他的功課突飛猛進。
2.忽然、突然。例她猛然回頭。

【冷不防】ㄌㄥˇ ㄅㄨˋ ㄈㄤˊ：
出其不意、突然。例他走在路上，冷不防有一輛車衝過來撞了他。

【乍】ㄓㄚˋ：突然。例我們出來乍到，有許多事情要熟悉。

【時間副詞（4）不定時】6. **表偶發**：

偶然、有時…

例 天空*偶然*有閃電。

例 我*偶然*在路上遇見老同學。

例 我*偶然*走進這家店。

例 我*偶然*憶起小時候的趣事。

例 我*有時*唱唱歌。

例 媽媽*有時*會自己做餅乾。

例 下雨後，天空*有時*出現彩虹。

例 她*有時*會做蛋糕。

她有時會做蛋糕。

句子結構分析如下：

她	會做	蛋糕
主語	述語	賓語

有時（副詞）

【偶然】ㄡˇ ㄖㄢˊ：

1. 碰巧、未曾料想到。例 他和朋友在路上偶然相遇，彼此驚喜萬分。

2. 有時候，不定時。例 她偶然會到花市買幾朵玫瑰，裝飾自己的房間。

【有時】ㄧㄡˇ ㄕˊ：

1. 偶爾。例 他有時很熱情，有時又很冷淡，個性實在難以捉摸。

2. 有一定的時間。例 聚散有時，不必太過悲傷。

恭喜你！

你已經完成中文基礎文法第五單元

副詞的用法非常豐富，第五單元只先介紹了「時間副詞」。第六單元有更多的副詞說明。

你可能沒想到，中文有這麼多的「副詞」。

一旦你能輕鬆找出副詞，要判斷句子中的主角，也就是「主語」和「述語」，就會變得很容易。**聽**、**說**、**讀**、**寫**中文，也會變得很容易。

第六單元

更多副詞

【前言】

　　*副詞*共分六種，上個單元我們介紹了「時間副詞」。在這個一單元，我們將會介紹剩下的五種副詞。

　　容易被誤解的詞已經列出常用或合適的定義在那一頁的下方。如果你無法輕易說出定義，沒關係，只要把不懂的定義弄懂，就可以繼續往下了。

【第二種副詞：地方副詞 】

　　副詞，不能當作句子的主語和述語，它不是句子的主要成分。除了時間副詞，有一種副詞是用來描述動作的範圍。

重點→**地方副詞**定義：用來區分動作的地位、方向、遠近與高低的詞。

　　表示**位置**或**方向**的詞，大都是實體詞。如，*東、西、南、北、中……*。地方副詞借用了名詞或形容詞，但沒有使用**介詞**。

例　**大江　東　去**。（大江「向」東流的意思）。
　　主語　　副詞　　述語

　　述語前面的「東」本是名詞，但「東」字前面沒有任何**介詞**出現；「東」字修飾了動詞「去」，所以這個句子中的「東」字是地方副詞。

➡　何謂介詞？

　　「**介詞**」是介紹**名詞**或**代名詞**給動詞(述語)，用來表示它們的時間、地點、方法、原因的種種關係。

　　例如：

太陽　從　東方　出來。
主語　介詞　名詞　述語

 **鳥　往　北方　飛。**
　　主語　介詞　名詞　述語

地方副詞大半是沿用馬氏文通中所說的「指事成之處」（譯：事情發生的地方，動作的範圍）。

馬氏文通：中國第一本編寫文法的書，整理出文言文的文法。作者：馬建忠。

我 帶 食物。
主語　述語

地方副詞限制動詞→ 我 外 帶 食物。
　　　　　　　主語 地方副詞 述語

她要用餐。
主語 助動詞 述語

地方副詞限制動詞→ 她要 內 用 餐。
　　　　　　　主語 助動詞 地方副詞 述語

地方副詞，可分成四項來說明：

【地方副詞】1.表位置

內、外、立、坐、中、倒、裡……（常添加「面」、「邊」等字成為複合詞）

如：*裡面、外面、站、顛倒、中間、旁邊、當中、居中、底下……*

例 她*內*靜*外*動。

例 國王打算*外*擴領土。

例 他站*立*一旁。

例 你不要*倒*拉我。

例 請你*旁邊*移一步。

例 我走*左邊*。

例 花瓶*顛倒*放。

花瓶顛倒放。
句子結構分析如下：

花瓶	放。
主語	述語

顛倒
副詞

【地方副詞】2.表方向

用*東*、*南*、*西*、*北*、*東南*、*東北*、*西南*、*西北*、*前*、*後*、*左*、*右*、*上*、*下*、*縱*、*橫*……　（常添加「方」、「邊」、「頭」等字成為複合詞）

例 哥哥*前頭*走。

例 弟弟*後面*跟著。（指位置「在」前面以及「在」後面）。

例 孔雀*東南*飛。

例 太陽*東*昇*西*落。

例 漢族*西*來。（「從」西之意）。

例 古時的將軍總是*南*征*北*討。

例 把這幅畫*左*挪一公分。

例 歌迷們開始*左右*搖擺雙手。

用專指地方的指示代名詞：*這邊*、*那邊*、*這裡*、*那裡*……。

例 請*這邊*坐。（「靠」這邊之意）。

例 腳踏車放*那邊*。

例 你不要蹲*這裡*。

　　上面這些名詞，只要前面沒有「介詞」，都可以看做「地方副詞」。

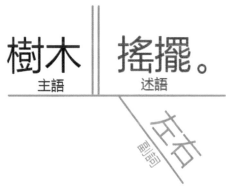

樹木左右搖擺。
句子結構分析如下：

樹木 ‖ 搖擺。
主語　　述語
左右

【地方副詞】3.表遠近

用*遠*、*近*、*遙*、*迢迢*……

例 他*遠*征幾年後回家，家鄉變了許多。

例 *遠遠地*來了一隊人馬。

例 她*遠*離朋友，過隱居的生活。

例 大多數的豪宅都*遠*離吵鬧的馬路。

例 我想就*近*觀察這隻鳥的生活。

例 小明現在*遙遙*領先。

例 *遙*望遠山，思念故人。

例 我千里*迢迢*來看你。

例 人類的智能已經超越以往，*上*可以飛行無礙，*下*可以潛行海底，*遠*可以窺算星辰，*近*可以觀察極微。

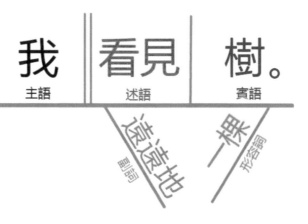

我遠遠地看見一棵樹。

句子結構分析如下：

我	看見	樹。
主語	述語	賓語

遠遠地　副詞

一棵　形容詞

【遙】一ㄠˊ：遠、長。例 遙遠、遙夜、遙不可及

【迢】ㄊㄧㄠˊ：遙遠。例 迢迢、迢遙、迢遠

【迢迢】ㄊㄧㄠˊ　ㄊㄧㄠˊ：遙遠的樣子。例 千里迢迢

【地方副詞】4. 表高低

用*高*、*低*、*深*、*淺*……

例 直升機*低*飛過廣場上方。

例 我*深*信你會有辦法的。

例 他在戰爭中*深*受毒氣傷害。

例 本書*深*入*淺*出，很受歡迎。

例 手*高高*舉起。

例 棍子*高*舉輕落。　（輕也是副詞，但不是方位副詞）

句子結構分析如下：

手（主語）│舉起。（述語）　副詞

　　除了實體詞之外，有一種由「形容詞」轉成的「地方副詞」，也和「不定時的時間副詞」性質一樣，已經接近於表示動作的性質和狀態。例如：他密切地觀察病人的病情。

例 他（主語）密切地（副詞）觀察（述語）病人的病情。

　　「密切地」就字面上來說，可算是第三項「表遠近」的地方副詞。但在用法上，卻比較貼近於表示動作的性質和狀態。

　　中文因為動詞沒有時態的用法，所以需要許多修飾動作的時間副詞和地方副詞來輔助說明。這就是為什麼中文有這麼多的副詞。

【第三種副詞，性態副詞】

重點→定義：描寫動作、情況的*性質*或*狀態*時，這種副詞稱為*性態副詞*。

　　性態副詞可分成兩種，一是**客觀的描述**，二是**主觀的描述**。主觀的描述可再分成十種。

性態副詞　(1)客觀的

(2)主觀的

主觀-1.表真確

主觀-2.表趨勢

主觀-3.表結果

主觀-4.表語末

主觀-5.表樣式

主觀-6.表決定

主觀-7.表發動

主觀-8.表僥倖

主觀-9.表相反

主觀-10.表不變

【客觀】ㄎㄜˋ　ㄍㄨㄢ：觀察事物的本來面目而不摻入個人的好惡成見。

【主觀】ㄓㄨˇ　ㄍㄨㄢ：
　　只根據自己的認知對事物作判斷，不管實際狀況。與客觀相對。

【第一種性態副詞的說明】

性態副詞有兩兩種，第一種是**客觀的描述**（定義如下）。

【定義】：某種動作有怎樣的**性質**或**狀態**，純粹從客觀方面描寫出來。

重點1→這種副詞，大都是由「形容詞」或「動詞」轉成的。例如：

> 例 我們要 ***奮發有為地*** 做人，不要 ***糊塗懶散地*** 混日子。
>   　　性態副詞　　　　　　　　　性態副詞

> 例 窗外風 ***呼呼地*** 吹，紙窗 ***颯颯地*** 響，灰塵 ***簌簌地*** 落下來。
>   　　　性態副詞　　　　　性態副詞　　　　　　性態副詞

重點2→這種由「形容詞」或「動詞」轉成的副詞，也常常附在述語
　　　 之後。例如：

> 例 這篇文章我已經 ***看清楚***了。
>   　　　　　　　　性態副詞

> 例 他 ***研究***學問很 ***認真***。
>   　　　　　　　　　性態副詞

重點3→若是直接附在述語後，就可以使用「得」字在語頭，領著去
　　　 修飾述語。例如：

> 例 這首歌詞 ***做得很不錯***，***唱得更好聽***。
>   　　　　性態副詞　　　　性態副詞

【颯颯】ㄙㄚˋ ㄙㄚˋ：形容風聲。例 颱風夜裡，風聲颯颯作響。

【疊字】ㄉㄧㄝˊ ㄗˋ：
　　由兩個相同的單字，重疊組成的詞語，稱為「疊字」，如層層、藍藍、晶
　　晶。

【客觀的性態副詞用法整理】共有六點：

一、 一切的形容詞、動詞、語、句，都可轉變成**性態副詞**，
或是**副詞性的語、句**。

二、 名詞也可以轉變成 副詞 。

例 萬商 雲 集。
　　　　名詞轉副詞

例 **血** 紅的花兒，襯著 **碧** 綠的葉子，越發顯得鮮麗。
名詞轉副詞　　　　　　　名詞轉副詞

三、 由形容詞或動詞轉成的 副詞 ，常常直接附在**述語**之後。

例 這篇文章我已經**看** 清楚 了。
　　　　　　　　　　述語 形容詞轉副詞

例 他**研究**學問很 **認真** 。
　　　述語　　　　　動詞轉副詞

四、 放在述語後的副詞，可以使用 得字做語頭，來修飾**述
語**。

例 這首歌詞**做** 得很不錯，**唱** 得更好聽 。
　　　　述語　　　副詞語　　述語　　副詞語

【客觀的性態副詞用法整理】共有六點：

五、　放在述語前的副詞常添加 地 字。

例 我們要**奮發有為**地做人，不要**糊塗懶散**地 混日子。
　　副詞添加地　　述語　　　　　副詞添加地　　述語

例 窗外風**呼呼**地吹，紙窗**颯颯**地響，灰塵**簌簌**地落下來。
　　副詞添加地 述語　　副詞添加地　　述語　　　　副詞添加地　　述語

六、　有一種**疊字副詞**，也常附加於**形容詞**或其他**副詞**之後。

例 **亮晶晶的** 月兒！**活潑潑的**人兒！
　形容詞疊字副詞　　　　形容詞 疊字副詞

　　　上面關於性態副詞的用法整理，主要在說明**副詞**可以放在**述語**前，也可以放在**述語**後。放在**述語**的*前面*要添加「**地**」字，使用「**得**」字則是放在**述語**後面。

【第二種性態副詞的說明】

性態副詞有成兩種，第二種是**主觀的描述**（定義如下）。

【定義】：從說話者的主觀角度，認定或猜測某動作的**性態**（如果不是在描述**動作**，那就是在說明**情形**）。

這種副詞，字面上看起來很像是由其他詞類轉成的，但大都已經成為固定的副詞了。分為十種：

【性態副詞】主觀-1.表真確：

實在、*其實*（下頁繼續）

例 烤肉*實在* 太香了。

例 這個錯誤*實在* 太離譜了

例 這件事*其實* 沒那麼難。

例 今天*其實* 沒有月亮。

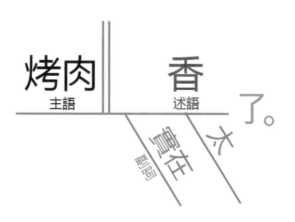

烤肉實在太香了。

句子結構分析如下：

【實在】ㄕˊ ㄗㄞˋ：的確。例他這種捨己助人的精神實在令人感動。

【其實】ㄑㄧˊ ㄕˊ：真實的情況。例他嘴上說沒關係，其實心裡很在意。

【性態副詞】主觀-1.表真確：

（接上頁）*的確*、*確實*、*準*、*真正*、*真*、*真是*…

例 他*的確* 說謊了。

例 這件事我們*確實* 做錯了。

例 我*確實* 看到他吃麵包。

例 他*準* 會來的。

例 這場比賽他*準* 贏。

例 我*真正* 佩服他的決心。

例 不能改過的人，*真* 可悲！

例 這尊佛像*真* 莊嚴。

例 我*真是* 傻，竟然相信他。

【的確】ㄉㄧˊ　ㄑㄩㄝˋ：
　　表示對情況十分肯定，相當於「確實」。例 這道魚湯的味道的確很好。

【確實】ㄑㄩㄝˋ　ㄕˊ：真實。例 他並沒有確實完成分內的工作。

【準】ㄓㄨㄣˇ：
　　1.　衡量事物的依據。例 標準、準則、準繩
　　2.　一定、肯定。例 到時他準會來的，你不必擔心！

【真正】ㄓㄣ　ㄓㄥˋ：
　　表示對某種情況的肯定，相當於「確實」。例 他是一個真正喜歡讀書的人。

【真】ㄓㄣ：
　　1.　本來的、不虛假的。與「假」相對。例 真相、真心、真理
　　2.　的確、實在。例 真好、真棒

【真是】ㄓㄣ　ㄕˋ：
　　實在是（表示對情況的肯定與確認）。例 今天的演出真是精彩。

【如何分辨**助動詞**與**副詞**？】

有一種「表必然」的助動詞，如「一定」「決」「斷」等，也可以做為**表真確**的副詞。

那要怎麼分別「助動詞」與「副詞」呢？

先從定義上來說：

1. **助動詞**實在就是「主要**動詞**的一部分」；

2. **副詞**則是對於實體詞以外的一切詞類的「附加的成分」。

再從用法上來說，若是同一個詞而要分別這兩種詞類，就看**述語**：

1. **述語**若是外、內動詞，這個詞就是助動詞：

> 例 我若能辦，我 一定 辦。
> 　　　　　　　主語　助動詞 述語

2. **述語**若是同動詞（或形容詞），這個詞就是副詞：

> 例 這件事 一定 是 辦得好的。
> 　　　主語　　副詞　述語

因為同動詞不是用來敘述動作而是用來說明情形的。既非動作，那要怎麼「助」？敘述的既然是情形，就只能是「副詞」。

【性態副詞】主觀-2.表趨勢：

自然（*自*）、*當然*、*不用說*（下頁繼續）

例 我*自然* 有我的辦法。

例 不合理的壓迫之下，人民*自然* 會反抗。

例 我*自* 有妙計。

例 公道*自* 在人心。

例 房間的大小，*當然* 是隨租金改變的。

例 選拔賽*當然* 是公平的。

例 酒後駕駛，*不用說* 是極其危險的事呀。

例 他怕看醫生，更*不用說*看牙醫了。

木造的房子自然比較通風。

句子結構分析如下：

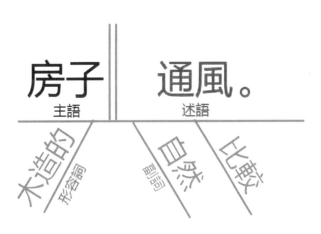

【自然】ㄗˋ　ㄖㄢˊ：表示理所當然。例 你很久沒喝水，自然會口渴。

【當然】ㄉㄤ　ㄖㄢˊ：理應如此。例 憑我們的情誼，我當然盡力幫你。

【不用說】ㄅㄨˋ　ㄩㄥˋ　ㄕㄨㄛ：
　　不必說。（含有一定會發生的意思）例 我最近喉嚨不舒服，連喝水都會痛，吃飯就更不用說了。

【性態副詞】主觀-2.表趨勢：

（接上頁）*就、即、則…*

例 水*就*快滾了。

例 嬰兒*就*要醒了。

例 招之*即* 來，揮之*即* 去。

例 一本新的字典*即* 將問世。

例 這本書已完稿，*即* 可付印。

例 有事找我，請*即* 告知。

例 心誠*則* 靈。

例 這個計畫案如果有必要，*則* 進行修改。

只好（含有不足之意）…

例 我沒帶雨傘，*只好* 躲雨。

例 事到如今，*只好* 走一步算一步。

例 我一個人搬不動，*只好* 請你幫忙。

【就】ㄐㄧㄡˋ：
  即刻、馬上。表示事情或動作緊接著發生。例你等我，我去去就來。

【即】ㄐㄧˊ：立刻。例下課鈴聲一響，我即收好書包回家。

【則】ㄗㄜˊ：便、就。例學如逆水行舟，不進則退。

【只好】ㄓˇ ㄏㄠˇ：只得、不得不。例他身體不適，只好請假在家休息。

【性態副詞】主觀-3.表結果：

果然、果真、居然、竟、竟然…

例 你**果然** 來了。

例 幾天沒澆水，花**果然** 枯萎了。

例 盼了好幾天，今天**果真** 下雨了。

例 媽媽**居然** 沒有提起這件事，大概她忘了。

例 我打破他的杯子，他**竟** 沒生氣。

例 糊塗的媽媽**竟然** 忘記帶小孩回家。

例 我**竟然** 沒帶鑰匙！

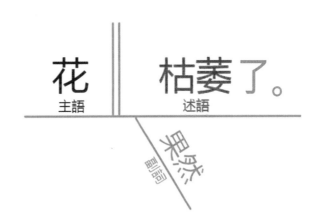

花果然枯萎了。

句子結構分析如下：

花
主語

枯萎了。
述語

果然
副詞

【果然】ㄍㄨㄛˇ ㄖㄢˊ：事情的發展果然與所預料的一樣。

【果真】ㄍㄨㄛˇ ㄓㄣ：果然，的確是。 例 不出我所料，凶手果真是他。

【居然】ㄐㄩ ㄖㄢˊ：竟然，表示出乎意料。 例 他居然會說出這種話！

【竟】ㄐㄧㄥˋ：
　　1.居然。 例 竟然、竟敢
　　2.到底、終於。 例 有志者事竟成。

【性態副詞】主觀-4.表語末：

才好、才對、才是、才行、就是、便了…

例 你總得小心處理*才好*。

例 爺爺認為家裡要養魚*才好*。

例 這件事你要聽我的*才對*。

例 我應該怎麼做*才對*呢？

例 貴重的東西要收好*才是*。

例 不合理的使用*才是*最大的浪費。

例 做人要守信用*才行*。

例 他今天生日，我不知道要送什麼*才行*。

例 你別動手，我答應你*就是*。

例 我一定辦到，你放心*就是*。

例 你不想去參加，推了*便了*。

病人要多休息才對。

句子結構分析如下：

病人｜要 休息。
主語　　助動詞 述語

多 才對

【才】ㄘㄞˊ：表示強調、無疑的修飾詞。例 你才辛苦呢、我才不去呢。

【就是】ㄐㄧㄡˋ ㄕˋ：表示訴求或應允。用於句末。例 你叫他離開就是了。

【便了】ㄅㄧㄢˋ ㄌㄧㄠˇ：用在句子末尾，表示決定、承諾或讓步語氣。相當於「就是了」、「就行了」。例 你無須擔心，照我的話做便了。

【性態副詞】主觀-5.表樣式：

如此、這麼、這樣、那麼⋯

例 她的身體*如此* 柔軟。

例 你*如此* 乖巧，一定深得父母喜愛。

例 天*這麼* 冷，路*這麼* 滑，我就不走山路了。

例 他就是*這樣* 一個孝順的兒子。

例 你*這樣* 當眾指責他，效果不好。

例 你何必*那麼* 生氣呢？我只是開個玩笑！

例 奶奶八十多歲了，眼力還*那麼* 好。

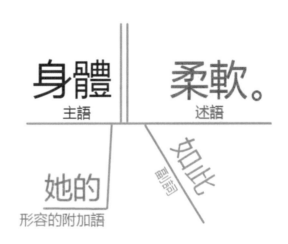

她的身體如此柔軟。
句子結構分析如下：

身體（主語） ‖ 柔軟。（述語）

她的（形容的附加語）

如此（副詞）

【如此】ㄖㄨˊ ㄘˇ：這樣。例他如此優秀的成績，是長期努力的結果。

【這麼】ㄓㄜˋ・ㄇㄜ：如此、這樣。例天氣這麼好，應該到郊外走走。

【這樣】ㄓㄜˋ ㄧㄤˋ：代替某種動作或情況。例事情怎麼弄成這樣了？

【那麼】ㄋㄚˋ ・ㄇㄜ：

　　如此、那樣子。例天色變得那麼昏暗，恐怕要下雨了。

【性態副詞】主觀-6.表決定：

反正、橫豎、儘管、簡直…

例 一份冰淇淋*反正* 我可以選三種口味。

例 *反正* 要吃一餐，不如吃自己想吃的。

例 *橫豎* 我明天休假，今天可以晚點睡。

例 他*橫豎* 會來，你不必著急。

例 你們*儘管* 點菜，不要替我省錢。

例 你*儘管* 放馬過來。

例 坐酒醉的人駕駛的車*簡直* 是自殺。

反正我要吃它。

句子結構分析如下：

我	要吃	它。
主語	述語	賓語

反正 副詞

【橫豎】ㄏㄥˊ ㄕㄨˋ：

反正、無論如何、總是要…。例 我橫豎要經過你家，搭我的便車回去吧！

【反正】ㄈㄢˇ ㄓㄥˋ：無論如何。例 不管你怎麼說，反正他是不會答應的。

【儘管】ㄐㄧㄣˇ ㄍㄨㄢˇ：

1.不加以節制，隨意去做。例 大家儘管吃，別客氣。

2.即使、雖然。例 儘管他不來，我們還是會幫他保留一個位置。

【簡直】ㄐㄧㄢˇ ㄓˊ：

幾乎、實在。常用於誇大或加強其程度。例 這朵假花做得唯妙唯肖，簡直和真的沒有兩樣。

【性態副詞】主觀-7.表發動：

特地、特意、故意、有心⋯

例 他*特地*去學伸展運動。

例 我今天*特地*起個早，自己煮早餐。

例 我們*特意*來拜訪您。

例 他昨天*特意*來拜訪你。

例 這些人*故意* 告訴他相反的方向。

例 這群混混是*有心* 來找碴的。

他特意去學伸展操。

句子結構分析如下：

他	去學	伸展操。
主語	述語	賓語

特意 副詞

【特地】ㄊㄜˋ ㄉㄧˋ：特別的。例 他為了向老師拜壽，特地由國外趕回來。

【特意】ㄊㄜˋ ㄧˋ：
　　特地、有意。例 今天的活動經過特意安排，顯得盛況空前。

【故意】ㄍㄨˋ ㄧˋ：存心的、有意的。例 他故意做出奇怪的表情來逗弄孩子。

【有心】ㄧㄡˇ ㄒㄧㄣ：
　　有意、懷有某種意念或想法。例 他有心想要改掉壞習慣，我們要幫他。

【性態副詞】主觀-8.表僥倖：

幸虧、好在…

例 *幸虧* 我穿了救生衣。

例 *幸虧* 他們都有了悔改的心。

例 *幸虧* 你沒有答應他的條件。

例 出門時 *幸虧* 我有檢查包包。

例 下雨了，*好在* 有帶傘。

例 沒想到會塞車，*好在* 我提早出門。

例 *好在* 我沒有吃哪碗過期的麵。

幸虧我穿了救生衣。

句子結構分析如下：

我	穿了	救生衣。
主語	述語	賓語

幸虧 附加語

【幸虧】ㄒㄧㄥˋ ㄎㄨㄟ：

因為依靠某種條件而避免不良後果。例 幸虧你借錢給我，不然工廠就倒閉了。

【好在】ㄏㄠˇ ㄗㄞˋ：

還好、幸虧。例 好在我們及時趕上火車，不然就脫隊遲到了。

【性態副詞】主觀-9.表相反：

偏偏、倒…

例 我想出去玩，*偏偏* 感冒了。

例 他不喜歡別人動他的東西，你*偏偏* 去動！

例 關於這個問題，我*倒* 有個提議。

例 我*倒* 覺得新工作更有挑戰。

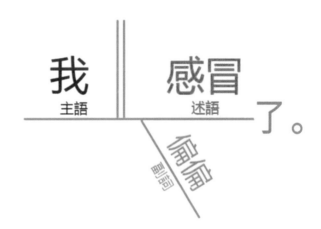

我偏偏感冒了。
句子結構分析如下：

我	感冒
主語	述語

了。

偏偏

【偏偏】ㄆㄧㄢ　ㄆㄧㄢ：

　　1. 故意，與要求相反。例我說往東，你偏偏往西，這不是存心與我作對嗎？

　　2. 與事實或願望相反。例已經很趕了，偏偏又遇上塞車，真是令人心急。

【倒】ㄉㄠˋ：

　　1. 反而。表示出乎意料之外。例早上空氣清新，倒也愜意。

　　2. 卻。例這主意雖然不錯，倒未必是最好的。

【性態副詞】主觀-10. 表不變：

依然、仍舊、還是…

例 籃球*依然* 是我最愛的運動。

例 這件事*依然* 沒有結論。

例 我*依然* 愛著你。

例 我*依然*最愛巧克力蛋糕。

例 軀殼毀滅了，精神*仍舊* 存在。

例 太陽*還是* 沒有出來。

例 這個月*還是* 沒有中獎。

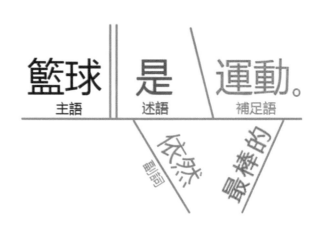

籃球依然是最棒的運動。

句子結構分析如下：

籃球（主語）　是（述語）　運動。（補足語）

依然（副詞）　最棒的

【仍舊】ㄖㄥˊ ㄐㄧㄡˋ：

和往常一樣未曾改變的、依照原有的模式進行。例他雖然生病了，但仍舊去上課。

【依然】ㄧ ㄖㄢˊ：依舊。例他已經畢業多年，卻依然隨時讀書，充實學養。

【還是】ㄏㄞˊ ㄕˋ：仍然、依舊。例你愛抽菸的習慣怎麼還是改不掉呢？

【第四種副詞：數量副詞 】

重點→數量副詞的定義：用來表明動作的次數、範圍或某種情況的程度。

可分成三種：

(1) 關於次數的

(2) 關於程度的

(3) 關於範圍的

【數量副詞】（1）關於次數的

1-1.表一次：

一次、一*趟*、一*遍*（一*回*、一*番*）…（常附動詞後）

例 我去過海邊一*次*。

例 這手機禁不起再摔一*次*。

例 溺水事件我不想再經歷一*次*。

例 這件事，我替你走一*趟*。

例 這是一本很好的書，我先前讀過一*遍*，現在打算再讀一*遍*。

例 我把考試重點複習一*遍*。

例 這部電影我要再看一*回*。

例 這地板需要好好刷洗一*番*。

例 他把女朋友的媽媽恭維了一*番*。

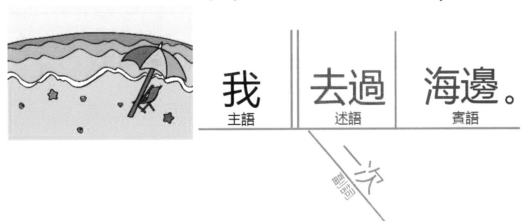

我去過海邊一次。

句子結構分析如下：

我	去過	海邊。
主語	述語	賓語

一次 副詞

【數量副詞】(1)關於次數的

1-2.表重複：

又、再、也…

例 嘿！你*又*來了！還有另一個人*也*跟著你來了。

例 我不*再*怕你了，你*也*不能*再*威脅我了。

　　（以上兩例，「也」字可看作連詞）

例 不是親的兒子*也*來認親。

例 我*又*夢見你了。

例 有消息時我*再*打給你。

例 除了足球，籃球*也*是我的最愛。

【又】ㄧㄡˋ：

　　1.重複、反覆。例這幅設計圖他看了又看，還是不滿意。

　　2.更。例他的病又加重了。

　　3.表示幾種狀況或性質同時存在。例中秋的月亮又大又圓。

【再】ㄗㄞˋ：

　　1.第二次、又一次。例這本書再版時加了光碟片。

　　2.重複、繼續。例再不走就趕不上火車了。

　　3.更。表示行為程度的加深。例再好不過、再多一點

【也】ㄧㄝˇ：

　　1.同樣。例這件事我知道，你也知道。

　　2.又。例客人中也有坐車的，也有走路的。

【數量副詞】(1)關於次數的

1-3. 表多次：

再三、幾次、往往、每每…

例 媽媽*再三*叮嚀我要吃早餐。

例 老師*再三*交代明天要交作業。

例 我連續上*幾次*廁所，好累喔。

例 我按了*幾次*門鈴，都沒人回應。

例 人們*往往*好了傷疤，忘了疼。

例 天氣不佳時，公車*往往*誤點。

例 他的鼓勵，我*每每*想起就覺得很溫馨。

例 *每每*遇到困難，他就會找爸爸訴苦。

醫生再三交代病人休息。

句子結構分析如下：

醫生	交代	病人	休息。
主語	述語	賓語	賓補語

再三
（副詞）

【再三】ㄗㄞˋ　ㄙㄢ：一次又一次。例 再三聲明、考慮再三

【往往】ㄨㄤˇ　ㄨㄤˇ：每每、常常。例 感情問題往往是件棘手的事。

【每每】ㄇㄟˇ　ㄇㄟˇ：往往；常常。例 到了星期天，他們每每去郊遊。

【數量副詞】(2) 關於程度的

2-1. 表估量：

幾乎、*差不多*（下頁繼續）

例 小偷*幾乎*偷走了所有的錢。

例 這一頓的花費，*幾乎*是我半個月的薪水。

例 這個香水味*幾乎*把我熏死。

例 這兩篇文章，*幾乎*一模一樣。

例 我*差不多*整理好了，你可以來檢查。

例 樹上的橘子*差不多*都紅了。

小偷幾乎偷走了所有的錢。

句子結構分析如下：

小偷（主語） ｜｜ 偷走了（述語） ｜ 錢。（賓語）

幾乎（副詞）　所有的（形容詞）

【幾乎】ㄐㄧ ㄏㄨ：將近、差一點。例 她的頭髮幾乎垂到了腰部。

【差不多】：ㄔㄚ ㄅㄨˋ ㄉㄨㄛ

1. 相差有限、相似。例 她們姊妹倆身材差不多，衣服可以交換穿。
2. 大概、大約。例 這批貨差不多可以在一個月內交貨。

【數量副詞】(2) 關於程度的

2-1.表估量：

（接上頁）*大約*、*多半*、*一點兒*…

例 我*大約*知道他的戀愛故事。

例 地震持續*大約*兩分鐘。

例 明天*多半*是晴天。

例 他們*多半*不會出席。

例 這隻小狗*一點兒*不怕生。

例 那輛車差*一點兒*撞到我。

布丁大約含有三十克糖。

句子結構分析如下：

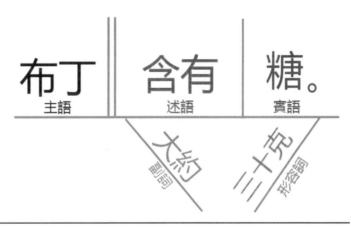

布丁	含有	糖。
主語	述語	賓語

大約（副詞）　三十克（形容詞）

【大約】ㄉㄚˋ ㄩㄝ：

　　1.表示對時間、數量等粗略的估計。例 我們大約講了十分鐘。

　　2.表示對情況的推測。例 這個時候，飛機大約已抵達臺灣了。

【多半】ㄉㄨㄛ ㄅㄢˋ：

　　1.大多數、大部分。例 這次的活動多半是由小李負責規劃。

　　2.可能、大概。例 看他每天這麼累，多半是照顧患病的媽媽吧！

【一點兒】ㄧ ㄉㄧㄢˇ ㄦ：

　　形容體積很小或數量很少。例 我一點兒也不喜歡那個主意。

【數量副詞】(2)關於程度的

2-2.表比較：

分成平行的比較，和有差異的比較。

平行的比較：*一樣*、*一般*…

例 小美的身材和模特兒 *一樣* 苗條。

例 她的長相和媽媽 *一樣* 漂亮。

例 她的眼睛和夜晚的星星 *一般* 明亮。

例 孩子的皮膚和爸爸 *一般* 黑。

例 他的身體和牛 *一樣* 壯。

例 這塊餅乾和石頭 *一般* 硬。

「一樣」、「一般」、「似的」這三者可通用，都是**表比較**的數量副詞。但是「一樣」、「一般」原是形容詞，若句子中沒有其他的述語，有時也被看成同動詞，當述語用。

例 我的心像水似的。（像是述語）

例 我的心和水一般。（一般是述語）

【一樣】一　一尢ˋ：
　　1.相同、相似。例 一模一樣
　　2.一種。例 他準備了一樣禮物，要送給媽媽。
　　3.一般。例 發生這麼嚴重的事，他竟像個沒事人一樣。

【一般】一　ㄅㄢ：同樣、同等。例 他們兩人年紀相同，長得也一般高。

【數量副詞】(2) 關於程度的

2-2. 表比較：(分成平行的比較，和有差異的比較)

有差異的比較：**更**、**尤其**…(放在述語前)

例 這件衣服的花色**更**鮮豔。

例 你的臉皮**更**厚了。

例 他的英文比我**更**厲害。

例 這個農場的蘋果**尤其**昂貴。

例 我**尤其**喜歡在大海中游泳。(喜歡是助動詞，游泳是述語)

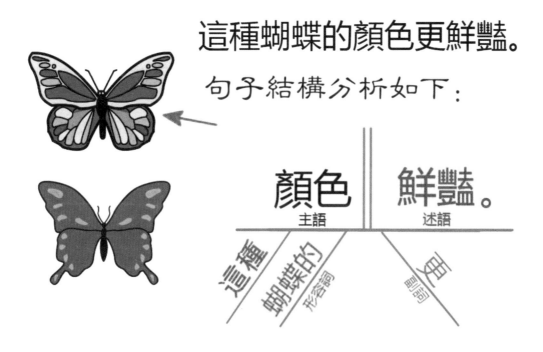

這種蝴蝶的顏色更鮮豔。

句子結構分析如下：

【尤其】一ㄡˊ　ㄑㄧˊ：格外。例 這件事，大家都很賣力，尤其是她。

【數量副詞】(2) 關於程度的

2-2.表比較：

有差異的比較：*些*、*一點兒*、*幾倍*…（放在述語後）

例 我好*些*了。

例 辣椒多*些*。

例 現金價便宜*些*。

例 蔥花多*一點兒*。

例 這道數學題複雜*一點兒*。

例 現在黃金比以前貴了*幾倍*。

例 他的薪水翻了*幾倍*。

無線電話方便些。

句子結構分析如下：

無線電話	方便。
主語	述語

比 副詞

【些】ㄒㄧㄝ：少量、一點。例 他們的婚姻好像有些問題。

【數量副詞】(2)關於程度的

2-2.表比較：

有差異的比較：*較為*、*較*⋯(在句子中不要說出所比較的另一方)

例 這支筆*較為*好寫。

例 這件衣服的作工*較為*精細。

例 這朵花*較*大。

例 黃色這件衣服*較*好看。

有差異的比較：*越發*、*越*、*愈*、*益發*⋯

例 他的身體*越發* 強健了。

例 我怎麼*越* 吃*越* 餓？

例 吃得*愈* 多，*愈* 瘦不了。

例 自他病倒以後，家里的日子*越發* 艱難了。

例 全球暖化後，氣候*益發* 炎熱了。

【較為】ㄐㄧㄠˋ ㄨㄟˊ：與同類事物相比有一些不同。例他的想法較為靈活。

【較】ㄐㄧㄠˋ：兩者相比，具有一定的程度。例較高、較好、較多

【越發】ㄩㄝˋ ㄈㄚ：更加。例多年不見，她越發成熟穩重了。

【越】ㄩㄝˋ：超出；超過（範圍）。例 越職、越位、越權。

【愈】ㄩˋ：更加、越發。例數年不見，她愈來愈開朗。

【益發】ㄧˋ ㄈㄚ：更加、越發。例幾年不見，她益發出落得美麗活潑。

【數量副詞】（2）關於程度的
2-3.表極點：

最、極、頂…

例 她年紀*最* 輕，功課*最* 好。

例 她覺得巧克力蛋糕*最* 好吃。

例 他的病*極*沉重。

例 老師的鼓勵給他*極*大的信心。

例 這裡的松樹*頂*多。

例 她賣的魚*頂*新鮮。

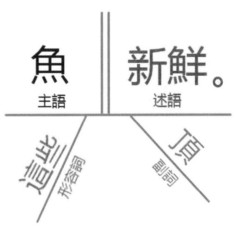

這些魚頂新鮮。

句子結構分析如下：

魚	新鮮。
主語	述語

這些 形容詞

頂 副詞

【最】ㄗㄨㄟˋ：

在一定範圍內， 超越其他同類物件，達到極點。例最好、最美

【極】ㄐㄧˊ：

1.表示達到最高。例極機密、極重要

2.很、甚。接形容詞、副詞後面。例妙極了！

【頂】ㄉㄧㄥˇ：程度最高，相當於「最」、「極」。例頂漂亮、這人頂會說話。

【數量副詞】（2）關於程度的
2-3.表極點：

非常、格外、特別、十分…

例 她*非常* 想念家人。

例 一到夏天，冰店的生意*非常* 好。

例 雪地上騎車要*格外* 小心。

例 今年夏天*格外*得熱。

例 今天車子開得*特別*快。

例 翻譯工作須要*特別* 細心。

例 晚上開車要*十分* 注意。

她特別喜歡跑步。

句子結構分析如下：

她｜主語　喜歡｜述語　跑步。｜賓語　　特別｜副詞

【非常】ㄈㄟ　ㄔㄤˊ：特別的、不尋常的。例 他是個非常傑出的演員。

【格外】ㄍㄜˊ　ㄨㄞˋ：
　　特別，超出正常的範圍之外。例 水很燙，你要格外小心。

【特別】ㄊㄜˋ　ㄅㄧㄝˊ：與眾不同。例 我發現他說話特別激勵人心。

【十分】ㄕˊ　ㄈㄣ：很，非常。例 臺灣南部夏天的天氣十分炎熱。

【數量副詞】(2)關於程度的
2-4.表過甚：

太、過於…

例 您*太*客氣了。

例 我*太*開心了。

例 你不要*太*過分！

例 他這個人*過於*小氣。

例 我們*過於*疏忽，才會發生意外。

例 天氣實在*太*熱了。

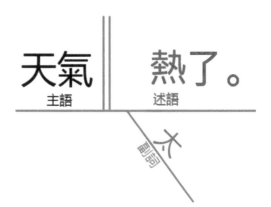

天氣太熱了。
句子結構分析如下：

天氣	熱了。
主語	述語

太　副詞

【太】ㄊㄞˋ：

1. 表示程度過了頭。例 太多、太熱、太重
2. 形容程度極高，多用於肯定方面。例 太偉大了、太好了

【數量副詞】(3) 關於範圍的

3-1.表專獨或空枉：

僅僅、*只*、*惟有*、*白*（下頁繼續）

例 完成一篇報告*僅僅* 花他十分鐘的時間。

例 昨天*僅僅* 來了幾個人，所以*只* 簡短講了一下。

例 我一天*只* 吃兩頓。

例 現在*惟有* 奮鬥到底，否則以前的努力都*白* 費了。

例 大家都願意，*惟有* 他例外。

例 我真是*白* 疼你了。

我只喜歡芒果冰。

句子結構分析如下：

我	喜歡	芒果冰。
主語	述語	賓語

【只】ㄓˇ：表示限於某個範圍，相當於「僅」、「僅僅」。例 我只想告訴你。

【惟有】ㄨㄟˊ ㄧㄡˇ：唯獨；僅僅；單單。例 全體都同意，惟有他反對。

【白】ㄅㄞˊ：沒有效果的、徒然。例 沒有先問清楚，結果白跑一趟。

【數量副詞】(3)關於範圍的

3-1.表專獨或空枉：

（接上頁） *空*、*徒然*、*枉*…

例 你不要*空*想，要行動。

例 龍的報導原來是假消息，害他*空*歡喜一場。

例 他*空*有凌雲之志，卻無真材實學。

例 *徒然*感嘆往事，對眼前的局勢是沒有幫助的。

例 你的固執只是*徒然*增加我的負擔。

例 他的批評只是*徒然*惹人譏笑罷了。

例 人不輕狂*枉*少年。

例 你限制他喝酒的方法只是*枉*費心機。

例 他聽不進勸告，你不要*枉*費口舌。

你不要空想。

句子結構分析如下：

你　｜｜要　想。
主語　　助動詞　述語
不 要
副詞

【徒然】ㄊㄨˊ　ㄖㄢˊ：
　　不起作用的、白費。例人若只有美貌，而沒有半點學問，那也是徒然。

【空】ㄎㄨㄥ：白白地；沒有效果地。例空忙、空歡喜、空有一身武藝。

【枉】ㄨㄤˇ：徒然的、白費的。例枉費心機、枉為人師

【數量副詞】(3) 關於範圍的
3-2. 表各別：

各、另…

例 他們*各* 有專長，我就*各* 派職務。

例 每個人*各* 就*各*位。

例 別丟棄這個箱子，我*另* 有他用。

例 這個職位，我*另* 有安排。

例 這些服裝*各* 有特色。

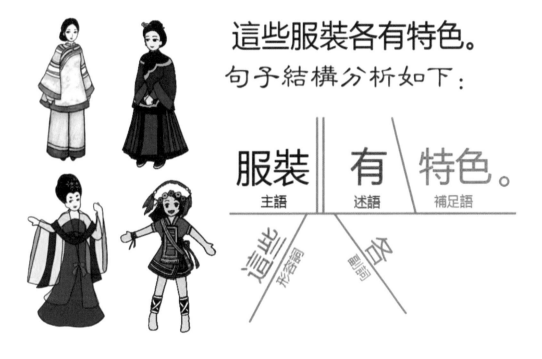

這些服裝各有特色。
句子結構分析如下：

服裝	有	特色。
主語	述語	補足語

這些 形容詞　各 副詞

【各】ㄍㄜˋ：
  1. 個別的。例 各自、各個擊破
  2. 群體中的單數。例 各國、各位

【另】ㄌㄧㄥˋ：再、分別。例 另行通知、另請高明、另當別論

【數量副詞】(3) 關於範圍的

3-3. 表相互：

相、互相…

例 他們兩人現在已*互相* 諒解了。

例 鄰居*互相* 幫助是應該的。

例 這兩種說法*互相* 牴觸。

例 實不*相* 瞞，我是一個工讀生。

例 兩姊妹*相* 親*相*愛。

例 兩台車互不*相* 讓。

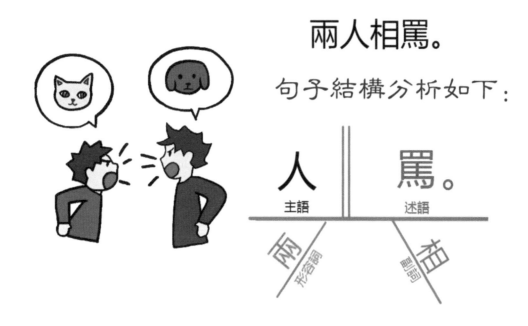

兩人相罵。

句子結構分析如下：

【相】ㄒㄧㄤ：彼此同樣對待；互相。例 相反、心心相印、相親相愛。

【互相】ㄏㄨˋ ㄒㄧㄤ：
彼此以相同的態度或行為對待對方。例 互相尊重、互相照顧

【數量副詞】(3)關於範圍的

3-4.表共同：

共同、一起、一塊兒…

例 這個小孩，由他們*共同* 撫養。

例 我們*共同* 負責這個計劃。

例 這幾本書，我 *一起* 送給你，你就 *一塊兒* 拿走吧！

例 星期天我們*一起* 去打球。

例 還記得我們 *一塊兒* 玩，*一塊兒* 瘋的日子嗎？

例 我們*一起* 唱歌。

我們一起唱歌。

句子結構分析如下：

【共同】ㄍㄨㄥˋ ㄊㄨㄥˊ：一起、一同。例他們共同寫成了這本書。

【一起】ㄧ ㄑㄧˇ：一塊兒。例這是兩碼子事，請不要混在一起。

【一塊兒】ㄧ ㄎㄨㄞˋ ㄦ：一同、一起。例每天我都和弟弟一塊兒去上學。

【數量副詞】（3）關於範圍的

3-5.表統括：

都、皆、完全、總共…

例 我和他*都* 贊成這個提議。

例 全家人*都* 喜歡吃水餃。

例 眾人*皆* 醉，我獨醒。

例 這件事*完全* 是他惹的。

例 紙和筆*總共* 花多少錢？

例 兩隻手*總共* 有十根手指。

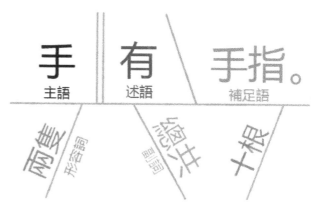

兩隻手總共有十根手指。
句子結構分析如下：

【都】ㄉㄡ：全部。例桌上的東西都是我的。

【皆】ㄐㄧㄝ：全、都。例比比皆是、草木皆兵、啼笑皆非

【完全】ㄨㄢˊ　ㄑㄩㄢˊ：全部。例他的話我完全同意。

【總共】ㄗㄨㄥˇ　ㄍㄨㄥˋ：總括、全部。例這套書總共有十二本。

【數量副詞】的總結

　　(1) 關於次數的

　　　　　　1-1.表一次

　　　　　　1-2.表重複：

　　　　　　1-3.表多次

　　(2) 關於程度的

　　　　　　2-1.表估量

　　　　　　2-2.表比較

　　　　　　2-3.表極點

　　　　　　2-4.表過甚

　　(3) 關於範圍的

　　　　　　3-1.表專獨或空枉

　　　　　　3-2.表各別

　　　　　　3-3.表相互

　　　　　　3-4.表共同

　　　　　　3-5.表統括

【第五種副詞：否定副詞 】

重點→否定副詞的定義：用來否定實體詞以外的一切詞類。

不、沒有(沒、未、不曾)…(常用在過去時)

例 他昨天*沒有*來，今天還是*沒有*來，明天也許*不*來了。

例 我*不*喜歡海鮮。

例 這扇門*沒有*鎖。

例 我*沒*聽過這個消息。

例 此刻太陽尚*未*升起。

例 我*不曾*來過這家餐廳

例 他*未*必有此意，你可*不*必多疑。(必是助動詞)

【注意】

表「禁戒之意」的副詞，常用 **"不"** 字加在助動詞必、須、可、要、得或動詞許、准之上。 例如：

不必(禁戒之意最輕)，

不須、不用、不可(禁戒之意較重)，

不要、不得、不許、不准(禁戒之意最重)。

【不】ㄅㄨˋ：否定詞。有不是、未、非等的意思。例 牠受傷了，不能走。

【沒有】ㄇㄟˊ ㄧㄡˇ：表示具有或存在的否定。例 沒有入場券不能進場參觀。

【否定副詞】

莫、(勿、休)…（大多表示禁止、戒止的意思）

例 快去，*莫*停留。

例 非請*莫*入。

例 閒言*莫*說。

例 車輛前進時，請*勿*打開車門。

例 我很好，*勿*掛念。

例 休息中，請*勿*打擾。

例 她說個沒完，別人*休*想插話。

【莫】ㄇㄛˋ：
　　1. 不要。例 你莫怕，也莫慌。
　　2. 沒有。例 大家聽到這個消息莫不歡喜。
　　3. 不能、無法。例 她是一個情緒變化莫測的人

【勿】ㄨˋ：不要、不可。表示勸阻或禁止。例 請勿抽菸、非請勿入

【休】ㄒㄧㄡ：不要。例 你休想、休問這麼多

【第六種副詞：疑問副詞 】

重點→疑問副詞的定義：用來詢問關於動作或情況的時數、原因等。

【疑問副詞】(1) 問時間

幾時、多早、多晚…（ "甚麼時候"的意思）（*多* 讀ㄉㄨㄛˊ二聲）

例 你*幾時*回來？

例 明月*幾時*有？把酒問青天。

例 看日出，那得 *多早*起床啊？

例 *多早*可以拿到檢查報告？

例 昨天你*多晚*睡？

例 你*多晚*到家？

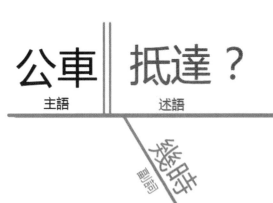

公車幾時抵達？

句子結構分析如下：

公車 ‖ 抵達？
主語　　述語
幾時（副詞）

【幾時】ㄐㄧˇ ㄕˊ：什麼時候。例 你幾時來的？

【多】ㄉㄨㄛ：表疑問。例 不知道那地方距離有多遠？

【疑問副詞】（1）問時間

多久 （ "多少時候"的意思）

例 你在台北住了**多久**？

例 這個湯熬**多久**了？

例 這個房子買了**多久**？

例 你在台北住了**多久**？

例 你當畫家**多久**了？

你當畫家多久了？

句子結構分析如下：

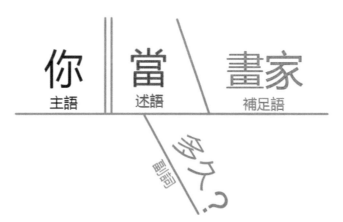

| 你 | 當 | 畫家 |
| 主語 | 述語 | 補足語 |

副詞　多久？

【多久】ㄉㄨㄛ　ㄐㄧㄡˇ：

1. 詢問時間的長短。例 你們認識多久了？

2. 時間不長。例 要不了多久，他就會知難而退的。

【疑問副詞】(2)問數量

多、多麼、多少……（多半用在性狀形容詞上，表疑問。）

例 這坑有*多*深？*多*長？*多*寬？

例 這部電影有*多*恐怖？

例 那件衣服有*多*大？

例 你喜歡的男孩有*多麼*厲害？

例 這個行李箱有*多麼*重？

例 這裡的人有*多少*？

例 蘋果的熱量有*多少*？

例 你身上的錢還剩*多少*？

樹有多高？

句子結構分析如下：

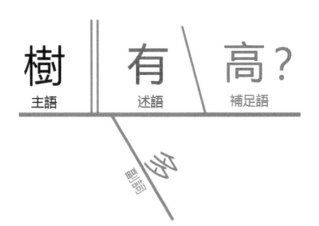

樹	有	高？
主語	述語	補足語

【疑問副詞】（3）問原因

怎麼（*怎*）、*幹嘛*…（即「為什麼」之意），再稍微重一些即「做什麼」之意。文言文寫作*為何*、*何故*、*何以*…

例 你*怎麼*到這時候還不回家？

例 你*怎麼*這樣地冒險呀？

例 你*怎*哭了？

例 你*怎麼*打人呢？

例 你*幹嘛*多管閒事？

你怎麼打人呢？

句子結構分析如下：

你 ‖ 打 ∣ 人

主語　　述語　　賓語　　呢？

怎麼（副詞）

【怎麼】ㄗㄣˇ ・ㄇㄜ：

　　1. 為什麼。例 他怎麼還不回來？真急死人了！

　　2. 如何。例 這件事該怎麼解決？你提個辦法吧！

【怎】ㄗㄣˇ：如何。表疑問之意。例 為人怎可背信忘義？

【幹嘛】ㄍㄢˋ ㄇㄚˊ：

　　1. 做什麼？例 「等下幹嘛呢？」、「你昨晚幹嘛？」。

　　2. 為什麼？例 他幹嘛這麼做？

【疑問副詞】(4)問方法或情形 有時直接當述語

怎樣（怎麼樣、怎麼著）…
（也就是「作什麼‘樣式’」或「做‘什麼’」的意思。文言文寫作
如何、何如…

例 你們*怎樣*去研究那件事？

例 這個字*怎樣*念？

例 這些東西要*怎樣*處理？

例 發生這種事，你想*怎麼樣*？（*怎麼樣*直接當述語）

例 醫生對我說：「孩子，你*怎麼樣*啦？」（*怎麼樣*直接當述語）

例 你猜*怎麼著*？

例 我就是打你*怎麼著*？

醫生對我說：「孩子，你怎麼樣啦？」

【怎麼著】ㄗㄣˇ ・ㄇㄜ ・ㄓㄜ：
　詢問有什麼行動或狀況。例 我不幹了怎麼著？

【疑問代名詞、疑問形容詞、疑問副詞的額外說明】

「*誰*」、「*那個*」、「*甚麼*」、「*那裡*」……是**疑問代名詞**，也可以作**指示代名詞**的「不定稱」。

「*什麼_(後接名詞)_*」、「*何_(後接名詞)_*」、「*誰_(後接名詞)_*」「*那_(後接名詞)_*」、「*幾_(後接名詞)_*」、「*若干_(後接名詞)_*」……，這些**疑問形容詞**，也可以用為**指示形容詞**的「不定指」。

問方法或情形的疑問副詞「*怎樣*」、「*怎麼樣*」、「*怎麼*」、「*怎麼著*」……，疑問副詞也有這種泛指一切的用法。

疑問代名詞、**疑問形容詞**、**疑問副詞**，這三種詞類的疑問詞，都有泛指一切的用法。

> 例 我不在乎其他人*怎樣*看。
> 例 不管*怎樣*，他都是你的家人。
> 例 這個污漬*怎麼樣*也擦不乾淨。
> 例 生活作息該*怎麼樣*調整，就*怎麼樣*調整。
> 例 師傅*怎麼樣*說，你就*怎麼樣*做。
> 例 你愛*怎麼著*就*怎麼著*吧，反正我不管了。

【注意】

疑問副詞，只要不是用在疑問語氣或感嘆語氣，而是用在直述語氣的句子，便也和疑問代名詞、疑問形容詞一樣都屬於 **"表不定"** 的一種用法；寫標點符號時，不要使用 "問號？"。

【用來表示無條件的副詞】

若語意更加濃厚，可再添加一種**表無條件的副詞**如：*無論（不論、任）、不拘（不問、不管）*…

這種副詞，附在疑問代名詞前面，算是形容詞。如：

例 無論 誰，我也不怕。
　　形容詞 代名詞

例 無論 哪裡，我都跟你去。
　　形容詞 代名詞

不管附於疑問形容詞，當副詞。

例 不管什麼 人，都要從這邊走過去。
　　副詞　形容詞 名詞

無論附於疑問副詞，當副詞。

例 教師 無論怎麼 好，也不能代替學生學習。
　　　　副詞　　副詞 形容詞

【疑問副詞】(5)表反問或反推

難道、*那裡*(下頁繼續)

例 襪子髒了，你*難道*不在乎嗎？

例 他結婚了，*難道*你不知道嗎？

例 我*那裡*知道？

例 *那裡*想到他迷路了？

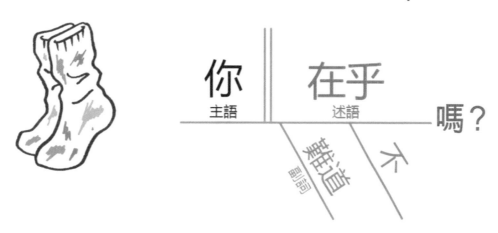

襪子髒了，你難道不在乎嗎？

句子結構分析如下：

你（主語）　在乎（述語）　嗎？

難道（副詞）　不

（圖解句子結構是希望幫助讀者看懂句子的主結構。上圖的例子，雖然有兩個子句，我們只圖解一個子句）。

【難道】ㄋㄢˊ　ㄉㄠˋ：

　　加強反問語氣的副詞，即莫非的意思。例 我講了這麼多，難道你一句都沒有聽進去嗎？

【那】ㄋㄚˇ：

　　1.表示疑問。例 火車站到底在那裡？
　　2.怎麼。例 那能、那怕、那得、往事那堪回味？

【那裡】ㄋㄚˇ　ㄌㄧˇ：

　　1.何處、何方。例 我好像在那裡看過你。
　　2.如何、怎麼。例 他才剛來這地方，那裡摸得清東西南北？

【疑問副詞】(5)表反問或反推

（接上頁）*豈、莫不、莫不是…*

> 例 *豈*有此理！

> 例 *豈*能盡如人意，但求無愧我心。

> 例 犯罪的人*莫不*疑神疑鬼。

> 例 *莫不是*我太早來了？

> 例 你突然走到我身後，*莫不是*想嚇我？

莫不是我感冒了？

句子結構分析如下：

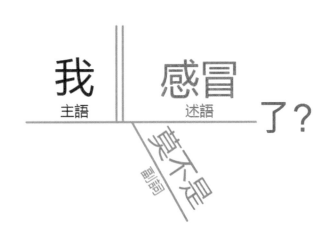

【豈】ㄑ一ˇ：表示反問，相當於哪、怎麼、難道。例 你豈可背信忘義？

【莫不】ㄇㄛˋ ㄅㄨˋ：
沒有一個不。例 大家對於他出賣國家的舉動莫不咬牙切齒。

【莫不是】ㄇㄛˋ ㄅㄨˋ ㄕˋ：
表示推測或反問，相當於「是不是」、「難道」、「莫非」。例 還不見他的影子，莫不是又借故不來吧。

【「好」字當副詞使用】

　　「好」字的用法更廣，不一定表疑問，也不限於數量，可以讓形容詞或其他副詞有更添一層濃厚的程度，並有表示讚嘆的意味。例如：

例 *好*一個正人君子。

例 *好*一個「不得已而為之」！

例 *好*燦爛的陽光！

例 *好*厲害的刀工！

例 *好*美麗的衣服！

例 你*好*大的膽子！

例 這朵花開得*好*大！

例 這個人長得*好*高。

例 他的心算能力*好*強！

胃好痛。

句子結構分析如下：

胃	痛。
主語	述語

好
副詞

【副詞】的總結

(1) **時間副詞，**表動作的時間，或緩急、長久或短暫。

(2) **地位副詞，**表動作的方位。或遠近、高下。

(3) **性態副詞，**描寫動作或某種情況的性質、狀態。

(4) **數量副詞，**表明動作的次數、範圍或某種情況的程度。

(5) **否定副詞，**用來否定實體詞以外的一切詞類。

(6) **疑問副詞，**用來詢問關於動作或情況的時數、原因等。

　　你並不需要背下這些**副詞**。把**副詞**分六類是希望你能熟悉**副詞**可以被用在哪些地方。

　　重點是，**副詞**是一種修飾詞，它的任務就是用來修飾其它詞類。你只要能分清楚「副詞」和「述語」就好。

　　「副詞」可以用來修飾動詞，形容詞，以及其他副詞，一旦你瞭解它的主要功用就是在修飾，你就可以輕易辨認它。

【句法】

　　句子是由詞或短語所組成的，如果要探究句子中每個詞所擔任的職務是什麼，需要把句子分解為幾個部分，也就是「句子的成分」。整體來說，「句子的成分」幫助我們了解「句子組織的方法」，簡稱「句法」。

　　一個完整思想的句子，可分成六個部分來說明。

　　⑴主語　⑵述語 ……………………………………主要的成分

　　⑶賓語　⑷補足語 …………………………………連帶的成分

　　⑸形容附加語⑹副詞附加語………………………附加的成分

　　主語、述語、賓語、補足語，這四個部分已經介紹過了，是句子的主要成分與連帶成分。

　　在此要特別說明「補足語」和「賓語」，是屬於「述語」的「連帶的成分」。連帶成分會隨著「述語（動詞）」的變化而有所不同。連帶成分不獨立於述語之外，所以「賓語」和「補足語」要跟「述語」一起看。

　　之前在介紹內動詞、外動詞、同動詞時，把「賓語」和「補足語」與「述語」分開介紹，是為了要讓大家先弄清楚「句子的成分」。

例 這朵花 是 紅的 。(紅色字體是述語)
　　　　 同動詞 補足語

例 這棵樹的葉子真 是 鮮綠可愛 。(紅色字體是述語)
　　　　　　　　　 同動詞 補足語

例 她的面色 好像 紅潤了一些 。(紅色字體是 述語)
　　　　　　 同動詞 補足語

例 她 有 二十五歲 了。(紅色字體是 述語)
　　 同動詞 補足語

【用圖解的方式來說明文法】

下面這種圖解的方式，可以幫助你更容易看懂句子的結構。

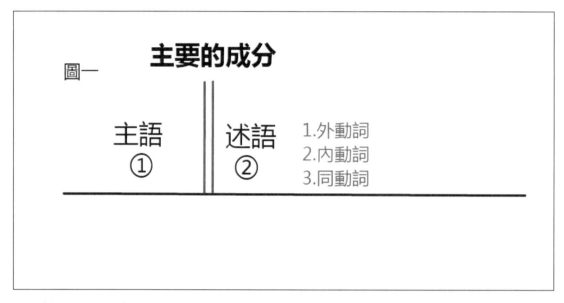

使用下列步驟：

1. 先劃一條主要的橫線，上面加兩條主要的垂直線。（如圖一）

2. 把**主語**填在①的位置，**述語**填在②的位置。

3. 再看清楚**述語**是那一種動詞，決定它後面是否有連帶的部分。

4. 連帶的成分在橫線上；**賓語**作垂直線，補足語作右斜線。（如圖二）

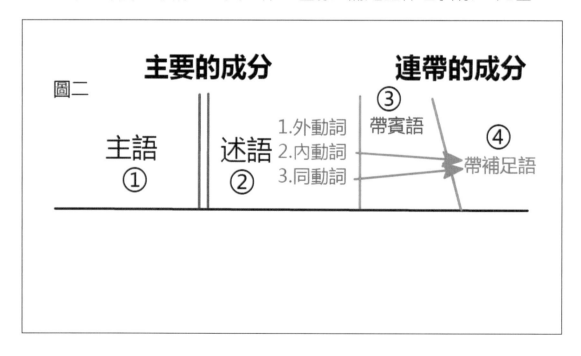

5. 附加的成分一律填在下方，左邊是形容附加語，右邊是副詞附加語。（如圖三）

6. 形容詞一律左斜，用形容詞尾 「的」字的形容語向左折。

7. 副詞的附加語都向右斜。

　　填寫附加語的順序如下：

　　a. 先填上**主語**所有的形容附加語。

　　b. 再看**賓語**（或補足語）有沒有形容的附加語。

　　c. 再填述語所有的副詞附加語。

圖三

⑤ 形容附加語　　　　⑥ 副詞附加語

附加的成分

單句圖解法的圖示如下：

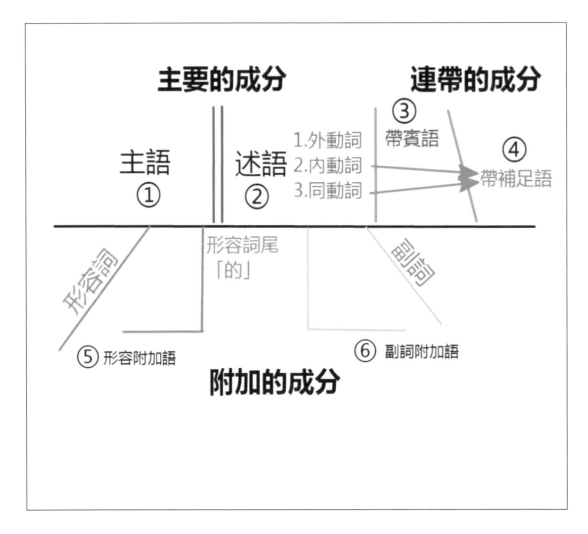

> 再次強調，不要死記硬背這些文法的用語。學習文法最主要的目的是為了幫助你能理解溝通的內容。

第一步，找出主語、述語。

第二步，找出賓語或補足語。

第三步，找出哪些詞是用來修飾的？

修飾**實體詞**的，就是「形容的附加語」。修飾**述語**的，就是「副詞附加語」。

只要能找出這六種成分，句子就變得很簡單了。

【詞類與句法的關係】

　　國語的詞類無法從詞本身（即字的形體上）分辨，必須看它在句中的位置、職務，才能認定這一個詞是屬於何種詞類。

　　譬如「人」字，一看就知道是名詞，但是用在「人參」或「人魚」時，「人」當形容詞用。在古文中，「人」字有時候也當動詞或副詞用。

　　中文字，詞性雖然有變更，但字的形體依舊，並不像西洋文字有詞頭（Prefix）或詞尾（Suffix）的變化。由此可見中國文法的特質。

　　國語的句法，先從**句的成分**上來分別，原因有三：

1. 國語的九種詞類（名詞、代名詞、動詞、形容詞、副詞、介詞、連詞、助詞、歎詞），會隨它們在句中的位置或職務而變更。

2. 詞類的變更，不像西洋文字有詞頭或詞尾的變化，或是從詞尾上表示陰陽性、單複數或時間等等的區別；所以中文詞類本身並沒有繁重的規律。

3. 通用的句法，除了正式的用法之外，還有很多句法的變化形式，而且是國語所特有的：例如省略主要成分（主語、述語）的省略，位置的顛倒等。

　　因為詞類會隨著位置或職務而變動，所以中文的文法，特別重視句法。這是國語的文法和西方文法一個大不相同的地方。

以「詞類」來區分：　小明　踢　球。
　　　　　　　　　　　名詞　動詞　名詞

以「句法(句子的結構)」來區分：　小明　踢　球。
　　　　　　　　　　　　　　　　主語　述語　賓語

【附加的成分──形容附加語】

什麼是附加語呢？這是句法上的一種稱呼。凡是實體詞（名詞或代名詞），無論是擔任主語、賓語、或補足語的職位，都可以添加一種「形容附加語」來修飾或限制它。

例如：

工人　修造　橋。
名詞　　述語　　名詞

在**實體詞**前面添加形容詞後，變成：

許多　強壯的　工人　修造　一座　長的　鐵　橋。
形容詞　形容詞　名詞　述語　形容詞　形容詞　形容詞　名詞

圖示如下：

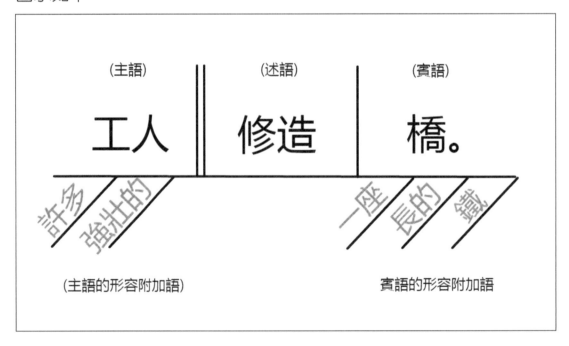

我們可以這樣說：「許多+強壯的」是工人的「形容附加語」，「一座+長的+鐵」是**橋**的「形容附加語」。

　　還有一種形容附加語，**藉由添加「的」字，將一切名詞、代名詞等實體詞（包含一切語、句）都化成形容詞性，作為其他實體詞之附加語。**如「平漢鐵路局的」 工人修造「黃河上的」鐵橋。

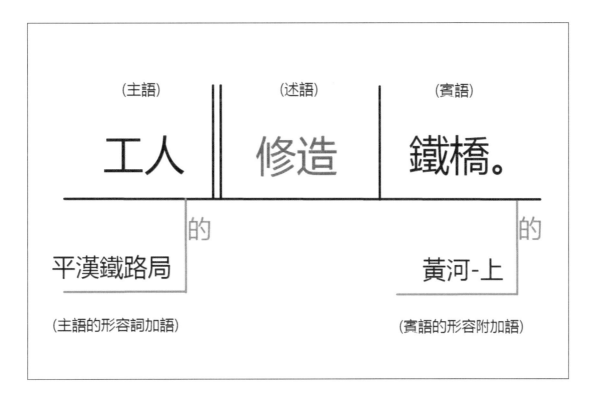

　　只要是用來修飾**實體詞**的一切語、句，都稱為「形容附加語」。

注意：

　　雖然「鐵橋」的「鐵」字是**名詞轉為形容詞**，但由名詞轉成形容詞的數量相當多，也不必再分析為兩種詞類，直接當成是一個複合名詞即可。

　　也可以說，凡是**實體詞**放在 *附加語* 位置的都可當成形容詞看。

【附加的成分──副詞附加語】

當句子中的述語，需要加以修飾時，那就是副詞的職務了。所以這種附加的部分，叫做「副詞附加語」。

例如：

工人 修造 鐵橋。
　　　述語

工人 辛辛苦苦地 趕緊 修造 鐵橋。
　　　副詞　　　副詞　述語

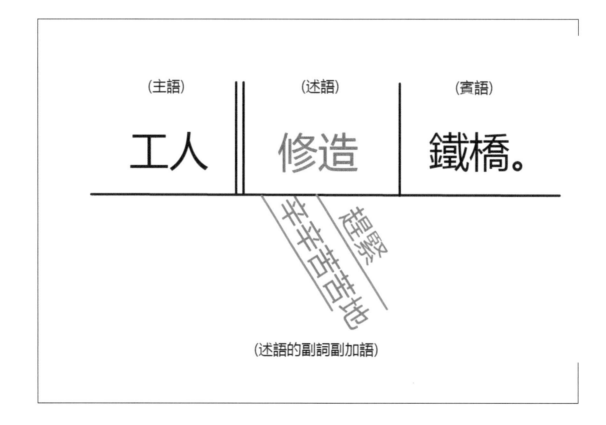

（主語）　（述語）　（賓語）

工人　修造　鐵橋。

（述語的副詞副加語）

　　「副詞」除了能修飾動詞，還可以修飾「形容詞」和其他「副詞」。所以「副詞附加語」不限於附在**述語**上，句子中的形容詞或副詞，要是附有副詞來修飾它，所附的副詞也叫副詞附加語。

　　例如：

工人　同意　那個　條件。
主語　　述語　　　　　賓語

這些　工人　不　同意　那個　苛刻的　條件。
形容詞　主語　副詞　述語　形容詞　形容詞　賓語

這些 很 明白的 工人 絕 不 同意 那個極 苛刻的 條件。
　　副詞 形容詞 　　　 述語 副詞 形容詞

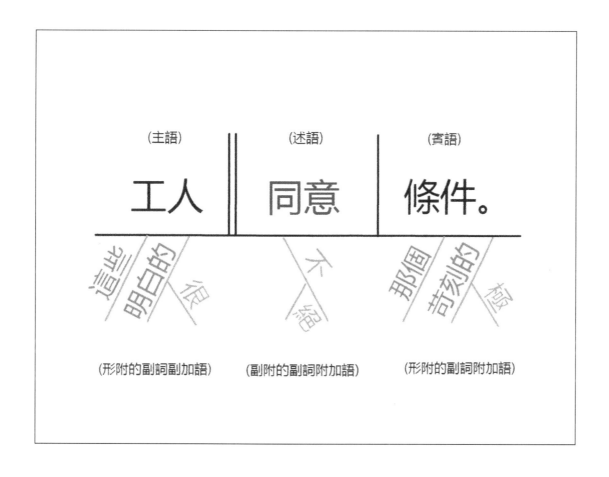

【名詞用作副詞附加語】

　　一切的名詞、代名詞等實體詞（以及一切語、句），都可以因為*介詞*的介紹，附加到述語上來修飾或增加這個述語的意義。這種被介紹的實體詞，都化成了副詞性，成為**述語**的**副詞附加語**。例如：

工人　　修造　　鐵橋。
主語　　述語　　賓語

加副詞附加語後，

工人*當*炎熱的天氣，*在*黃河的兩岸，*替*我們修造鐵橋。

（*當*、*在*、*替*，是介詞，**天氣、岸、我們**，是實體詞）

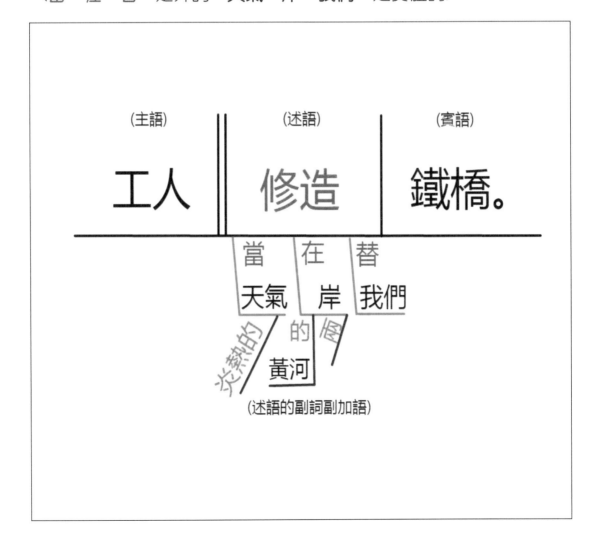

恭喜你！

你已經完成中文基礎文法
第六單元

哇！你已經學到六種不同的詞類了。

我們收到許多學生的回饋，表示自己的溝通能力變好，學習速度也變快了！

接下來，我們會介紹生活中常常會用到的「介詞」，以及剩下的兩種詞類。

趕快開始下一單元吧！

瞭解中文基礎文法，重新點燃學習的熱忱。

字彙表索引（中冊）P1

字彙表索引（中冊）P2

字彙表索引（中冊）P3

字彙表索引（中冊）P4

字彙表索引（中冊）P5

字彙表索引（中冊）P6

字彙表索引（中冊）P7

字彙表索引（中冊）P8

字彙表索引（中冊）P9

字彙表索引（中冊）P10

字彙表索引（中冊）P11

參考資料來源：

新紀元出版社《文法與溝通》

新紀元出版社《學習如何學習》

臺灣商務印書館《國語文法》

弘揚圖書有限公司《中文文法》

正中書局《簡明國語文法》

（網路版）太平國小網站 范姜老師著的《淺談文法》

何永清先生著作的《國教新知》第 52 卷 第一期

五南圖書出版公司《小學生活用辭典》

東華書局《華文辭典》

商兆文化股份有限公司《小牛頓國語辭典》

世一文化事業股份有限公司《新編國語字典》

（網路版）國語推行委員會 《重訂標點符號手冊》修訂版

（網路版）教育部國語辭典簡編本

（網路版）兩岸萌典

（網路版）查查造句辭典

（網路版）Zaojv.com 造句網

史上最簡單易懂的國語文法書
中文基礎文法（中）

發 行 人　　白永鑫
出 版 者　　擎天生活新知股份有限公司
地　　址　　台中市西區柳川西路二段 84 號 1 樓
電　　話　　(04)2373-0050
統一編號　　27426394

作　　者　　黃筱媛
總 編 輯　　黃筱媛
插　　圖　　白曉莉
校　　定　　黃筱媛
排版設計　　黃一娉
印　　刷　　映意設計印刷

購書專線　　(04)2373-0050
匯款帳號　　三信商銀 147 進化分行 10-200-57618
戶　　名　　擎天生活新知股份有限公司
Line 搜尋　　@skylife
電子信箱　　skylife@hibox.hinet.net

出版日期　　2020 年 3 月初版
定　　價　　精裝本一套 2580 元，（上）（中）（下）冊不分售

本書如有破損、缺頁或裝訂錯誤，請寄回出版者地址更換。

國家圖書館出版品預行編目（CIP）資料

中文基礎文法：史上最簡單易懂的國語文法書／黃筱媛編

著 .-- 初版 . -- 臺中市：擎天生活新知 ,2020.03

　冊；　公分

ISBN 978-986-98949-1-3(全套：精裝)

1. 漢語語法

802.6　　　　　　　　　　　　　　　　　　　1090